Scrittori
105

LISA GINZBURG

CARA PACE

Romanzo

PONTE ALLE GRAZIE

Prima edizione: luglio 2020
Seconda ristampa: maggio 2021

In copertina: Luigi Ghirri – Bologna 1989-90
Studio Giorgio Morandi © Eredi Luigi Ghirri
Art Direction: ushadesign

Ponte alle Grazie è un marchio
di Adriano Salani Editore s.u.r.l.
Gruppo editoriale Mauri Spagnol

Il nostro indirizzo Internet è www.ponteallegrazie.it
Seguici su Facebook e su Twitter (@ponteallegrazie)
Per essere informato sulle novità
del Gruppo editoriale Mauri Spagnol visita:
www.illibraio.it

ISBN 978-88-3331-439-6

Se io sono io perché tu sei tu
e tu sei tu perché io sono io,
allora io non sono io e tu non sei tu.
Ma se io sono io perché io sono io
e tu sei tu perché tu sei tu
allora io sono io e tu sei tu.
Rabbi Mendel di Kotzk, *Le otto luci*

Il passato è un faro, non un porto.
Proverbio russo

a mia madre

Parte prima
LE CORRENTI

Decido che assolutamente devo andare a Roma. Lo decido una sera mentre mi strucco, Pierre è già a letto, nello specchio del bagno dall'interstizio della porta socchiusa posso vederlo che finge di leggere *L'uomo che guardava passare i treni,* il romanzo di Simenon – ma finge, appunto: muore dal sonno ed è troppo brillo per concentrarsi davvero.

Siamo rientrati da una di quelle cene di rappresentanza in cui lo accompagno svolgendo – piuttosto bene, trovo – il mio ruolo di moglie di un diplomatico importante. Cene noiose e sempre uguali, uguali i formaggi prima del dessert, le torte guarnite, il tenore delle conversazioni, e le facce, e i modi, scambi troppo veloci su argomenti che non mi incuriosiscono né mi sorprendono mai.

A struccarmi (e truccarmi) mi ha insegnato Leyla, un'amica estetista – più esattamente: la mia estetista che è poi diventata un'amica. Abbiamo vite diversissime, lei e io. Leyla non è sposata, non ha figli. Si occupa del padre, un vecchio signore antillano di Fort de France trapiantato a Parigi più di cinquant'anni fa, gentilissimo, i capelli bianchi in felice contrasto con il nero della pelle (con Leyla ho pranzato da lui, a Champigny, una domenica che non dimenticherò). L'attività Leyla l'ha messa su da sola, e il locale del suo salone di estetista, nel *dix-septième*, dopo venticinque anni di affitto ora sta per comprarlo, traguardo di cui va giustamente molto fiera. Sto bene con Leyla, amo incontrarla per un caffè o un pranzo veloce. Ci sono persone che quando le vedi ti galvanizzano, ti fanno sentire nutrito, e Leyla è una di quelle per me: il suo spirito combattivo, l'eleganza, il trucco sempre perfetto – i foulard colorati sopra agli abiti scuri, i monili vistosi, i tacchi alti sui quali si muove con vera, invidiabile disinvoltura. Sarà perché un po' mi ricorda mia madre, di Leyla mi fido: capisce le cose, è attenta, mai fuori luogo, l'esperienza le ha insegnato a non farsi illusioni su nulla ma senza cedere al cinismo, e nonostante le difficoltà della sua vita di meticcia in Francia, mai le ho visto atteggiamenti di livore o recriminazione. Leyla dunque mi ha spiegato: prima di usare il tonico devo aspettare che il primo strato di latte detergente si assorba – gli ultimi segni residui di eye liner, rimmel o kajal meglio tirarli via dopo il latte e prima del tonico. Le labbra vanno inumidite con un unguento a base di olio di argan, da estrarsi affondando il dito in una scatolina piccola e molto costosa che ora però sono troppo stanca per andare a cercare di là, nella borsa. Mi limito a latte e tonico. Pierre ha capitolato, con un ultimo sforzo ha spento l'abat jour led e adesso, pacificamente ebbro, dorme. Io mi guardo allo specchio trovandomi né bella né brutta, come al solito, ora senza davvero vedermi, presa come sono dai pensieri.

Sono stata di rado a Roma in questi anni, e sempre in occasioni «capitali». Insieme a Nina per il funerale di nostra madre. Prima, molto prima, un Natale in cui io e

Pierre avevamo deciso di viaggiare con Valentina e Samuel piccoli. Era stato Pierre a insistere, convinto, persino un po' risentito: «Devono vedere la città dove la loro mamma è cresciuta; non solo Parigi, Maddalena, anche i tuoi luoghi sono la loro radice!» Roma nella mia testa rimane un posto difficile però: un groviglio di ricordi su cui per un naturale istinto di autoprotezione evito di soffermarmi troppo.

Ma ecco, ho deciso, non un dubbio stasera. Devo andare a Roma.

Io e Nina abbiamo sempre comunicato molto, e da quando si è trasferita a New York lei vorrebbe che parlassimo ancora di più. Basta niente perché mia sorella mi chiami oppure mandi messaggi whatsapp. Questi arrivano indiscriminatamente, senza alcun riguardo da parte sua per il fuso orario che ci separa. In piena notte, all'alba, durante il giorno mentre sono in giro da sola, di sera proprio nel momento in cui tutti e quattro (io con Pierre e i ragazzi) stiamo per metterci a tavola. Inesorabile ecco l'iphone trillare il suo campanellino che annuncia parole in arrivo. Incursioni invadenti come può esserlo un'interferenza che disturba. Ho imparato a spegnere il telefono così da rendermi irraggiungibile; lo stesso, nel riaccenderlo e trovare i testi di Nina, ogni volta un singulto d'ansia mi fa sentire in obbligo di risponderle. «Stavo dormendo», «Non è un buon momento ora», «Possiamo sentirci domani?» digito frenetica, nella speranza che mia sorella sappia cogliere l'implicito suggerimento a usare maggiore discrezione e parsimonia comunicativa. Macché: Nina persevera, si ostina a importunare. «Oh Maddi, che stupida sono, perdonami, davvero non ci ho pensato!»: brava a profondersi in scuse per poi imperterrita, come nulla fosse, riprendere le sue mitragliate spedite nell'etere a ore inconsulte. Io la perdono; Pierre invece è severo. «Roba da matti! Il narcisismo di tua sorella le farebbe interrompere senza scrupoli anche il sonno di un neonato!» impreca quando ho dimenticato di mettere il telefono in modalità silenziosa e il trillo dei messaggi whatsapp ci sveglia di soprassalto. Io paziente torno a digitare: «Per piacere Nina, occhio al fuso, ne va della mia serenità coniugale...» Di nuovo stabilisco il silenzio telematico – interrotto da valanghe di emoticon mandati da Nina e che troverò più tardi, miriadi di faccette, occhi a cuoricini, mani giunte in preghiera, un ombrellone da spiaggia, due flûtes di champagne che si toccano in un ideale cin-cin, mazzi di fiori, banane sbucciate, pentagrammi pieni di note a dire (o invocare) rinnovate sintonie.

Niente di nuovo. Nina: lei conta, lei prima di tutto. Diversamente da Pierre, a me l'egocentrismo di mia sorella non risulta faticoso. Ci sono abituata, è così da quando siamo venute al mondo. Nina, la mia sorella minore, bella e capricciosa, scatenata, difficile, protagonista. Faticosa. Così diversa da me, me Maddalena detta Maddi, me sorella maggiore più timida, sobria, riservata. Me che sempre appoggio Nina, la giustifico, le faccio da scudo; me sua spettatrice privilegiata.

I motivi degli eccessi di mia sorella li conosco, uno per uno. Se esagera, se straparla, strafà, se non capisce le situazioni né chi abbia di fronte, è perché lei per prima non riesce a contenersi. La sua natura è impulsiva, e intricata, una collezione di umori che cambiano sempre. E a complicare le cose c'è la sua bellezza: magnetica, un fascino di cui nemmeno ora che è cresciuta Nina ha saputo prendere le vere misure. È una donna adulta e ancora non sa prevedere né considerare l'effetto che produce sugli altri.

«Che sguardo, accidenti»: ho sentito rivolgerle quel complimento decine e decine di volte, da conoscenti, parenti, estranei. Tutti colpiti dai suoi occhi, verdi come quelli di Gloria, nostra madre. Un verde denso, ci si legge vulnerabilità ma anche un tratto imperioso, e basta quella mescolanza a disorientare del tutto. Uno sguardo a cui non puoi sottrarti, di un'intensità che è potenziata dalle sopracciglia scure, quelle pure implacabilmente belle, ad ali di gabbiano. Nel fisico io ho ereditato la corporatura della famiglia paterna, dei Cavallari – le ossa grandi, le anche alte e un po' squadrate, le spalle esili di Seba. Nina invece ha il corpo di Gloria, le sue stesse gambe lunghe, tornite, dritte, il seno pieno, il busto solo leggermente sproporzionato (di poco, ma corto rispetto allo slancio delle gambe). L'andatura naturalmente aggraziata, un'eleganza spontanea che a me è sempre parsa come un traguardo inarrivabile.

Convivo da sempre con la personalità di Nina, ne conosco ogni piega. Mentre la infligge agli altri, della sua natura ingombrante lei è come si scusasse. Esaspera ma contemporaneamente, del tutto disarmata, chiede che la si comprenda. Questo lo avverto io che sono sua (unica) sorella. Agli altri la sfumatura sfugge: Nina appare come una donna molto bella ed esuberante ma dal temperamento contraddittorio, lunatico. Bello averla vicino, però difficile; troppo impegnativo.

Un sabato pomeriggio nostro padre ci aveva portate da un'astrologa, sulla via Nomentana, viale Pola si chiama la strada, una piccola via in ombra dato il filare di platani che costeggia il lungo muro, stucchi liberty cremisi e bianco sulle facciate delle palazzine basse. L'astrologa abitava al pianterreno, faceva i suoi oroscopi in uno stanzone alla fine di un corridoio tra pareti rivestite di velluto rosa antico. Antico appariva tutto in casa sua, e polveroso e bizzarro come bizzarra ci sembrava lei – alta, robusta, una criniera di capelli neri ricci, le pupille che roteavano nei bulbi oculari un po' sporgenti. Per tutto il tempo dell'incontro, i grandi fogli con sopra disegnati i quadri astrali li tenne stesi davanti a sé sul tavolo: intricati arabeschi che lei decifrava osservandoli dall'alto, di continuo aggiustandosi sul naso i *pince-nez* a goccia, senza montatura, usati non si capiva se per vedere meglio o semplicemente per darsi un tono. Si chiamava Angela Perrone; teneva una rubrica di astrologia su un importante magazine femminile, e quanto andasse fiera di quell'impegno lo si capiva dall'enfasi con cui declamava i suoi responsi, posando su di noi sguardi di un'espressività esagerata – pareva una maga che ci volesse ipnotizzare. Seba, nostro padre, l'aveva conosciuta a una festa di matrimonio dove lui lavorava e lei era tra gli invitati. Non che fosse propriamente bella, ma quella donna gli era piaciuta, e una volta capito che era senza accompagnatore l'aveva corteggiata con la stessa simpatica insistenza con cui dopo l'aveva invitata a cena, e poi se l'era portata a letto. Due o tre incontri, tutto lì, di quei flirt già finiti prima ancora di incominciare. Non senza lasciar traccia, tuttavia, perché papà da allora s'era messo a credere agli oroscopi. Anche quando Angela Perrone entrò a far parte della schiera delle ex amanti «buone amiche», Seba continuò a usare l'astrologia come filtro privilegiato per interpretare la vita. La lettura dei pianeti restò ai suoi occhi la prospettiva più attendibile tra le varie alle quali si affidò, inquieto e smarrito come si sentiva dopo che la mamma era andata via. Ci fu il periodo dei biscotti della fortuna serviti insieme al conto al ristorante cinese di piazza Vittorio. Papà li sbriciolava con foga per leggere i bigliettini che poi piegava e conservava nel portafoglio, e pur di averne altri ogni domenica voleva tornare in quel ristorante. «Uno scacco è la più grande occasione» il preferito, attaccato in bella vista sul frigorifero. Dopo, in successione, c'erano stati i benefici del mangiare vegano, gli effetti prodigiosi dell'ashtanga yoga, la lettura dell'iride e quella della mano, l'analisi della postura e le arti divinatorie di grafologia e numerologia. Quale che fosse la divinazione, la diagnosi restava la stessa. Lui, Seba Cavallari, soffriva di tristezza. Era stato lasciato dalla madre delle sue figlie e, come succede ai depressi in una prima fase post-trauma, ora stentava a risalire la china. Le ragioni di quanto era accaduto poteva ipotizzarle, ma «farsene una ragione» non gli riusciva in nessun modo.

Da allora di astri papà aveva preso a parlare con tutti, non appena se ne presentava l'occasione. Commentando le stelle confidava la sua pena, quell'abbattimento muto che lo macerava. «Gloria, vergine ascendente vergine, con luna e marte in scorpione… solo a un toro ascendente cancro con luna in sagittario come sono io poteva venire la pazza idea di metter su famiglia con una donna così», gli sentii dire. Origliavo da dietro la porta del salotto dove, finito di mangiare, lui parlava al telefono mentre sorvegliava Nina ipnotizzata dalla visione di *Lilli e il vagabondo*. Chissà con chi conversava, papà; certo furono quelle parole, quel «solo a me poteva venire la pazza idea…» a farmi capire. Lui e la mamma non sarebbero più tornati insieme. Potevamo dannarci, disperarci, con tutte le nostre forze desiderare che il tempo si riavvolgesse come un nastro e tornasse indietro. Maledire la vita quanto volevamo: tra Seba e Gloria, nostro padre e nostra madre, era finita.

Nove anni io, otto Nina. Gloria mancava da diverse settimane ormai. Non si trattava di una pausa, non della nube passeggera di un litigio più aspro degli altri, nessun temporaneo contrattempo con perfida astuzia architettato dal destino. No: dopo avere intercettato quel «la pazza idea di metter su famiglia», fu diverso. Il cielo ospitava molte più cose di quel che può assorbirne la terra; se era scritto nelle stelle che Seba Cavallari e Gloria Recabo, i nostri genitori, dovevano separarsi, allora davvero non si poteva fare più nulla. Potevo solo accettarlo.

All'astrologa era bastato accostare i fogli/lenzuoloni dei nostri due quadri astrali, di Nina e mio, per intuire i principali tratti che caratterizzano le nostre personalità diversissime, «anche se molto compatibili», la signora si era premurata di dire. Nina, vergine ascendente gemelli con luna in ariete, «intelligenza fulminea, brillante, ma facile ai colpi di testa; molta strada, sino all'equilibrio dell'autocontrollo». Io, cancro con ascendente capricorno e luna in pesci, rischiavo il contrario: la mia sensibilità eccessiva mi sarebbe stata di ostacolo per esprimermi e affermarmi nel mondo. Passò poi a decifrare su richiesta di Seba la personalità della mamma, azzardando pronostici su possibili futuri scenari per la loro unione in grave crisi. Sopraffatta come mi sentivo, io però a quel punto avevo smesso di ascoltare. Cercavo coraggio nelle immagini di segni zodiacali attaccate con gli spilli alle pareti di velluto, quelle figure simbolicamente a mezza strada tra animali e umane. Incantata soprattutto dalla maestosa libertà del sagittario, le zampe di cavallo in magnifico contrasto con i lineamenti del tutto antropomorfi del volto.

«Mamma, dove sei, e perché non chiami mai?» Stimolata dalla forza delle figure la nostalgia trovava voce, forma di parola.

Era buio quando di nuovo fuori, camminando lungo il marciapiede stretto di viale Pola, avevamo raggiunto la macchina. L'astrologa ci aveva offerto in regalo dei cioccolatini a forma di orsetti, avvolti in carte colorate e lucide, custoditi in un ulteriore orso, grande questo, di plastica trasparente. In macchina lo spaccammo sul punto della testa, subito dopo contendendoci rabbiose i cioccolatini disseminati sul sedile. Un battibecco violento; sino a quando Nina non scoppiò in un pianto dirotto, che dei suoi capricci soliti aveva l'insistenza sfiancante, ora declinata su una nota supplementare di disperazione. «Spegni la radio papà, qui non si capisce niente!» la sentii che implorava. Il volume della musica era effettivamente esagerato, invadeva l'abitacolo facendo vibrare i finestrini – papà doveva averlo alzato per non ascoltarci litigare. Ma a contare non era la tensione; piuttosto la prepotenza di Nina nello sfogare il suo dolore, quel suo prendersi la scena buttando fuori quanto dentro di sé non le riusciva di gestire. E non importava che a lamentarsi fosse lei, Nina, mai io. Le sue scenate davano voce alla tristezza di entrambe. Mia sorella era il mio megafono.

Gloria ci mancava. Troppo. Era un buco la sua assenza: una voragine in cui precipitavamo da un numero insopportabile di giorni.

Del mio possibile viaggio a Roma per il momento non ho voglia di dir niente, né a Pierre né ai ragazzi. Bisogna che prima l'idea maturi, assuma nella mia testa una forma abbastanza nitida da farmela comunicare nel giusto modo. Immagino un soggiorno breve, una settimana al massimo. Sarà la prima volta che parto sola; una novità che potrebbe sorprendere i miei figli, forse contrariarli. Esito, mi impiglio tra le mie stesse domande.

«Ho da parlarti di una cosa urgente, Maddi, hai un minuto?» Mi sono dimenticata di silenziare il telefono, il messaggio whatsapp di Nina piomba in piena notte. «Che significa 'hai un minuto?' – la notte è piena di minuti, e tutti inopportuni» faccio in tempo a considerare stizzita nel soprassalto del risveglio. Pierre dorme rannicchiato su un fianco, le gambe lunghe e magrissime sono flesse ad angolo retto, in una buffa posizione semi-fetale che mi intenerisce. Per fortuna il suono del messaggio non lo ha svegliato, io provo a calmarmi ascoltando il suo respiro, sforzo lo sguardo nella penombra per seguire il movimento infinitesimale delle coperte sollevate dal suo leggero russare. «È tardi,

Nina, tardissimo» digito con tatto felpato delle dita, poi con rabbia invio il mio testo. Che si renda conto una buona volta, accidenti!

Non che quanto lei ha da annunciarmi non meriti una telefonata. A Parigi è mezzogiorno, sto spingendo la pesante porta a vetri del Club Med Gym in rue Cadet dove ogni mercoledì si tiene il mio corso di Pilates, quando sento il portatile vibrarmi nella tasca del cappotto.

«Buongiorno Ninuski... dimmi, sono un po' in un cattivo momento, ma dimmi pure». Il mio tono conciliante non nasconde la fretta, non fosse che come suo solito Nina degli stati altrui non si cura, sono l'ultima delle sue preoccupazioni.

«Lascio Brian, Maddi».

«Cosa vuol dire lo lasci? Oh Nina, ma...»

Avverto un tremito nella sua voce, quell'incrinatura inconfondibile che precede il pianto. «Uno stronzo, io non ne voglio più sapere niente! N-i-e-n-t-e, capisci ?!»

Bentornata apprensione. Rieccovi, ansie del passato – dove eravate andate a cacciarvi. Non succedeva da molto tempo di dover fare da parafulmine agli sfoghi di mia sorella, preoccuparmi per lei. Da quando ha incontrato Brian mi sono sempre sentita sollevata, più sgombra. Nina aveva infine una vera vita, sua, staccata da me. Quel che non aveva potuto la geografia, era stato imposto dagli avvenimenti sentimentali: un ampio spazio vuoto ci separava. Sensazione ossigenante, possibilità di concentrami su me soltanto. Sana distanza composta non tanto di miglia e bracci di mare quanto di rispetto, autonomia, silenzio. Due sorelle, due vite. Meno ingerenze. E invece ecco, basta quell'annuncio di separazione imminente per farmi ripiombare nella vita di Nina. Come non fosse passato un giorno da quando eravamo indivisibili, non pensabili una senza l'altra.

Brian O' Brien: irlandese trapiantato a Brooklyn, dove nel tempo ha aperto tre gallerie d'arte in sequenza, ogni volta con successo. Su di lui in famiglia avevamo scommesso tutti – tranne Pierre, sempre caustico riguardo alla sua bella e volubile cognata, quella Nina impetuosa e parecchio invadente. «Vedrai che fa fuori anche questo» lo avevo sentito sentenziare al termine della serata in cui lei ci aveva portato Brian a conoscere. «Ti sbagli, stavolta dura!» io lo avevo contraddetto. «È un uomo come si deve questo, e maturo, una vera persona...» Le ragioni del mio ottimismo di quella sera non erano però né la simpatia di Brian, né il suo fascino – Nina ha sempre avuto un debole per gli uomini belli, niente di nuovo. A farmi sperare c'era piuttosto il vederla diversa dal solito, gentile, bendisposta, generosa di sé. «Ti aiuto?» prima della cena mi aveva chiesto cinguettante raggiungendomi in cucina – e ci eravamo intrattenute lì, a preparare le trofie al pesto e l'insalata tropicale, da brave sorelline abnegate mentre i loro uomini conversano in salotto, un copione normotipico tanto quanto inedito per noi.

Dài e dài, a forza di sbattere il muso contro l'ostacolo di uomini sbagliati, mia sorella finalmente si era decisa a crescere, avevo pensato già al telefono nel sentir parlare di Brian la prima volta. Anche lei era infine capace di concedersi un amore «buono». Magari non si sarebbe sposata, mi ero detta, ma quantomeno posata sì – trovando una misura, un passo più tranquillo rispetto a quel ritmo forsennato a cui da sempre costringeva sé stessa, e me che un po' a fatica, anche adesso, da oltreoceano, mi avventuro tra immaginazione e realtà pur di esserle vicina.

Ora quella telefonata, la notizia che lo lascia. Perché mai dovrebbe, e dopo tanto tempo? Brian l'avrà tradita? Così attraente, lui, la barba rossiccia, la pelle chiara e lentigginosa, i suoi occhi azzurri così allegri e vispi: facile abbia ceduto alla corte di qualche ragazzina comparsa alla porta della sua galleria, qualche candida occasione troppo difficile da scansare...

«Ah, un bastardo Maddi, sapessi! Mi ha fatto una piazzata davanti a tutti perché secondo lui al vernissage della mostra di un artista greco l'altra sera, io al tipo, all'artista, avrei rivolto sorrisi troppo insistenti, moine eccessive. Una scenata di gelosia in piena regola insomma, e fatta così, in pubblico, senza pensare alle conseguenze che avrebbe provocato. E sai anche cosa si è azzardato a dirmi, lo stronzo?»

Più che altro sarei curiosa di sapere di più dell'artista greco, ma lascio stare.

«*Sei una povera seduttrice*: questo mi ha detto... così mortificandomi davanti a tanta gente che conosco. La galleria, lo sai, l'hai vista, è in Montague Street, a pochi isolati da dove io andavo a meditare nel centro di Sri. Una collocazione ottima: oltre a inaugurare l'esposizione del greco, il vernissage era per festeggiare il compleanno dello spazio – amici e nostre conoscenze newyorkesi c'erano praticamente tutti. Dopo un po' di quella scenata ne ho avuto abbastanza, era troppo: ho scagliato per terra il bicchiere e sono scappata via, a casa. È stato brutto Maddi, ti assicuro. Veramente brutto...»

Le collere di Nina: territori che conosco al millimetro. La forza della sua rabbia possiede la stessa intensità di quando poco prima amava. L'ira, la stizza, l'orgoglio ferito. Sequenze che posso ricostruire senza fare un solo errore, per la semplice ragione che le so a memoria, con la stessa perfetta padronanza che prima del debutto un attore ha della parte. Nina: come smonta ogni dinamica, azzerando relazioni costruite passo a passo. Eravamo ancora alle scuole medie quando in occasione di un saggio di danza mia sorella era riuscita a litigare con tutte le sue compagne di corso, colpevoli di non averla appoggiata in una discussione con l'insegnante circa un passaggio della coreografia, secondo Nina troppo macchinoso. «È un pollaio, tante galline guidate da una perfezionista, perché devo essere obbligata a farne parte?» sbraitava con me nei giorni successivi. Credo avesse ragione, ma certo il suo rancore era un tormento; mi rendevo conto di avere una sorella piantagrane e la cosa mi preoccupava. Pazienza e molta persuasione sino a convincerla a partecipare comunque al saggio che lei, furibonda, avrebbe voluto disertare. Povero Brian, penso adesso: non lo aspettano giorni facili.

Mentre continuo a parlare al telefono, il ragazzo al desk d'ingresso della palestra mi porge un asciugamano e il lucchetto per l'armadietto dello spogliatoio. «Ora perdonami Ninuski, davvero devo lasciarti… riparliamo appena possibile. Però non precipitare le cose, se ce la fai. Datti tempo».

«Tempo per fare che Maddi, scusa? E cosa ci sarebbe mai, da non far precipitare? È finita. Io chiudo. Non lo voglio, un uomo così. Un povero, miserabile geloso. Le frustrazioni nascoste sono le peggiori, lo sai… oggi si comporta a questo modo, dopo un sacco di tempo che stiamo insieme si autorizza a farmi scenate assurde: e domani? Cosa sarà capace di fare secondo te, vuoi che sia io a spiegartelo?»

Fosse per lei parleremmo la mattinata intera, lo so. Entro in ritardo alla lezione di Pilates, l'insegnante con un cenno gentile mi indica il punto in fondo alla sala dove prendere posto e stendere il mio tappetino. Un'ora e mezza di puro, intimo benessere. Allungare muscoli, sciogliere tensioni dei tendini stanchi per il mio pazzo camminare, guidare il respiro portandolo come un «flusso di luce» (così dice la maestra) verso ciascuna parte del corpo. Isolarmi da tutto quanto ora, in questo lasso di tempo, non deve riguardarmi. Stare in ascolto di me, me sola e basta. La conversazione con Nina però ha azionato un allarme nella testa: mia sorella come nessuno (e molto più dei miei figli) sa entrarmi dentro, incollarsi ai miei pensieri. Rimugino, e quel ragionare ininterrotto – continue riflessioni che circolarmente tornano e ritornano sugli stessi temi – attenua l'azione del Pilates. Un'inquietudine mentale che conosco bene; e proprio adesso che sto valutando se andare o no a Roma, e dovrei disporre di tutta la serenità necessaria per dedicarmi a quell'ipotesi, vagliarla, regalarle la mia completa attenzione.

Nella casa dove andammo a stare da ragazzine, lasciata Genzano, dal lato delle nostre stanze le finestre affacciavano su Villa Doria Pamphili. Il balcone filante, che raccordava le stanze alla cucina, in corrispondenza del salone si ampliava, diventando una bella terrazza da dove era possibile vedere molto cielo, e grazie a quella prospettiva laterale anche il declivio dei Quattro Venti, e all'orizzonte il Gazometro, e a guardar bene, stretta tra cespugli di rovi secchi, una piccola porzione di Tevere, persino.

Data la vicinanza degli alberi, l'asma che mi assediava da qualche tempo trovò sollievo; paradossalmente era più facile per me a Roma che non a Genzano, dove il verde intorno era molto sì, ma meno a portata. O piuttosto il conforto, per i miei polmoni, derivava da motivi di ordine psicologico. Mi sentivo meno vulnerabile perché il nostro assetto domestico (di Nina e mio) andava trovando una sua forma nuova, meno assurda, meno aspra da vivere. Si trattava a ogni modo di un miglioramento solo relativo: trasferirmi a Roma aveva rallentato la cadenza delle crisi, non la violenza degli attacchi.

I segnali dell'asma sapevo riconoscerli. Un dolore lieve all'altezza del torace, sul fianco un'impercettibile fitta intercostale man mano più intensa. E la tosse: una tossetta secca, colpi via via più ravvicinati e fastidiosi, accompagnati da rigurgiti di cibo se avevo appena mangiato, singulti che non riuscivo a fermare nemmeno bevendo acqua a piccoli sorsi come mi aveva raccomandato di fare il medico. Era quella tosse il prologo della crisi che puntuale poi arrivava: il respiro cominciava a mancarmi, il battito del cuore accelerava sino a farsi impazzito; io barcollavo, se ero in piedi dovevo appoggiarmi al muro per non perdere l'equilibrio. Il Ventolin conservato nel beauty-case blu scuro che Nina correva a tirar giù dallo scaffale più alto della mensola nel bagno. E la paura: una paura che non mi lasciava nemmeno dopo, a crisi terminata, quando ritrovavo un soffio più normale, inspirare, espirare, le labbra tenute a becco d'uccello come – questo anche – mi aveva insegnato a fare il dottore. Piccole porzioni di ossigeno per i miei polmoni sconvolti. Mi sosteneva Nina: una volta rimase più di un'ora nella mia stanza, in attesa con me del momento in cui la porta sarebbe tornata porta, il muro muro, Nina di nuovo Nina. Lei intanto lì a sorreggermi la fronte, con l'altra mano ravviandomi i capelli così da sistemare i ciuffi madidi dietro le orecchie. Esperta, capace. «È passato, Maddi, è tutto passato»: come mi placava, sentirmelo sussurrare nell'orecchio da mia sorella.

Solo lei tolleravo vicino durante le mie crisi. «Ci resto io con Maddalena, lo so come bisogna fare» la sentivo dire agli adulti. «Lasciatemi sola con lei, per piacere, davvero» insisteva – e come risuonava autorevole, quell'implorare. Aveva trovato una sua tecnica, posture in successione, efficaci. Messasi dietro a me mi cingeva la vita, per poi di lì far scivolare il braccio su, verso la spalla, con il palmo della manina intanto esercitando una pressione sul diaframma in corrispondenza di dove immaginava sentissi più male (non glielo avevo indicato io, il punto: era Nina nella sua assoluta empatia ad averlo individuato). In quei momenti così difficili e penosi, di lei mi fidavo ciecamente. Quanta cura negli atti indispensabili dell'emergenza, staccare il tappo del Ventolin, ruotare il cilindro dello spray e subito posizionarmelo nella bocca per l'inalazione (a me le mani tremavano troppo, mai avrei potuto compiere quei gesti tutti insieme).

Nina che scalpitava per essere sempre al centro dell'attenzione, lei capricciosa, imperiosa nei suoi protagonismi, in quei frangenti si trasfigurava.

«Ci sei, Maddi?»

«Sì sì, va meglio… un po' meglio». Ancora boccheggiavo, adesso però senza capogiri.

«Usciamo, te la senti di andare un po' fuori se ti accompagno io?»

Andavamo, a braccetto, a Genzano prima, a Villa Pamphili poi, passi nel verde, silenzio, inspirazioni profonde: ritrovavo piano piano tutto il fiato, felice che Nina sostenesse me e non io lei come di solito. Variazioni di schema che ci univano di più.

Quando mi sono trasferita in Francia, asmatica ormai quasi non lo ero: le crisi si erano molto diradate per frequenza e intensità, cessando poi del tutto dopo la nascita dei figli. Ma nonostante l'angoscia che mi causavano le mie impasse del respiro, quei frangenti drammatici un effetto benefico lo avevano. Imprimevano un sigillo inossidabile sul nostro patto di sorelle. Nina era l'unica al mondo sulla quale potessi davvero contare. L'una per l'altra sponde, argini al caos che ci trovavamo ad attraversare, quel gran pasticcio cui senza chiedere alcun nostro parere eravamo state consegnate. Il nostro patto era uno scudo, un carapace. Nei momenti di mia massima fragilità fisica lo sentivo, un pensiero distinto, chiaro, dal corpo trasmesso all'anima senza passare per nessun punto intermedio.

Poi Nina tornava ai suoi disordini scatenati, io alla mia pretesa di controllare tutto, appartata ma vigile. Alla parete accanto al mio letto avevo appeso una foto di Gloria con noi due. Era una fotografia scattata da Seba, una domenica lontana in cui eravamo andati al lago di Nemi tutti insieme. C'era vento quel giorno, con Gloria avevamo giocato a rincorrerci sulla riva: nel ritratto noi tre, madre e figlie, apparivamo spettinate, trafelate, allegre. La mamma al centro, noi abbrancate a lei. Guardavo e riguardavo l'immagine. La sera, quando nessuno poteva vedermi, voltata verso il muro la fissavo intrattenendo tra me e me delle conversazioni: dialoghi muti che erano il mio grande segreto.

Mi era già successo di parlare a un'altra fotografia il cui ricordo ancora adesso agitava i pensieri, esattamente come era stato al tempo. Un ritratto di Gloria da sola che – fotocopiato in cinquanta esemplari – per diversi giorni di un lontano febbraio era stato affisso sui muri di Genzano. Lei, Gloria, vi appariva radiosa, l'impermeabile rosso stretto in vita da una cintura, la fibbia lucida e nera come pure i bottoni. La mamma lo aveva comprato sull'Appia Nuova, quell'impermeabile, un sabato durante un giro insieme a noi, poche settimane prima di andarsene via per sempre. Il rosso nel bianco e nero della foto si perdeva, fedeli alla realtà restavano il gioco di luce dei contrasti e l'eleganza di quel capo. Sulla fotocopia, a didascalia in lettere maiuscole poteva leggersi la parola «SCOMPARSA», e sotto ancora, in corpo tipografico più piccolo, un numero di telefono.

Con Nina ne abbiamo parlato in diverse occasioni, l'ultima di recente. La memoria più difficile, per tutte e due, resta quella della fotografia fotocopiata e appesa in giro. La vergogna al pensiero che in tanti la vedessero, incollata al vetro della pensilina alla fermata dell'autobus diretto a Roma, nell'androne della nostra scuola, all'ingresso dell'ufficio postale e del Municipio, in tutti e tre i bar affacciati sulla piazza centrale, sulla porta del Centro Ricreativo di via delle Rose dove giovani e vecchi trascorrevano i fine settimana – persino lì. Il fastidio davanti allo spettacolo della compassione da parte di conoscenti, compagni, professori. Per mano alla nonna Imma, in strada tenevamo gli occhi bassi, i cuori stretti dall'angoscia, ammutolite.

Parlavamo solo di sera, subito prima di dormire.

«Secondo te dov'è, Maddi?»

«Lontano, credo. Ma vedrai, la mamma torna, ho fiducia».

«Come fai a esserne sicura?»

«Se fosse morta lo sentiremmo. Ci sarebbero dei segnali».

«Che segnali?»

«Segnali, tipo avvertimenti magici. Ora dormi Nina, non pensare...»

«Non riesco».

«Prova. Conta le perle della collana».

«Quale collana?»

«Una collana che ti è possibile immaginare: tipo quella rossa di corallo della mamma…»

«Se penso alla collana però mi metto a pensare a lei»

«Già. Hai ragione».

Facevo attenzione alle parole, le mie e quelle di Nina: ogni parola. Sentivo forte la responsabilità di proteggere lei prima di tutto; era la mia sorella minore, da qualche parte della testa pulsava imperativo l'obbligo di garantirle una qualche spiegazione circa la vita assurda che da giorni conducevamo. Il suo tramite col mondo ero io, pensavo così. La sua fortezza. Se la mamma non fosse tornata, mi dicevo, se era successo qualcosa di brutto e lei era sparita per sempre, o se non ci voleva più bene e non le eravamo più necessarie, allora avrei dovuto essere io, la madre. Madre di Nina e madre di me stessa. Fantasie atterrite, audaci di quell'audacia che può dare il sentirsi disperati.

Gloria telefonò il giovedì successivo al venerdì in cui era sparita. Chiamò di sera, mentre eravamo a tavola. Poco prima il respiro a me aveva preso a mancare e ora combattevo con una crisi d'asma in arrivo – crisi che invece dopo la telefonata miracolosamente decise di risparmiarmi. «La mamma vi manda tanti baci» Seba ci aveva comunicato in fretta riprendendo posto a tavola. «Tutto bene, ora non le era possibile stare al telefono, vi chiamerà un'altra sera».

«Un'altra sera… quale?» aveva chiesto Nina, già allora brava a dissimulare rabbia e stizza polemica dietro sarcasmo e moine.

«Dove sei, mamma? e quale ragione mai ti impedisce di salutarci al telefono?» pensavo io intanto. La crisi d'asma appena sventata aveva lasciato il posto all'ansia. Stomaco chiuso, il pollo alla diavola lì a raffreddare nel piatto. Nina aveva incominciato a piangere, io subito dopo; nel tentativo di consolarci Imma, la nonna, mostrava tutta la sua inadeguatezza. Seba di nuovo s'era alzato, e vicino alla portafinestra semiaperta ora fumava, incurante del freddo della notte d'inverno, le boccate intense aspirate dalla sigaretta che gli scavano sulle guance fossette come piccole voragini. Io da tavola, dov'ero rimasta seduta, lo spiavo seguire il volo lento degli anelli di fumo che fuori salivano su nel gelo dell'aria buia. Un uomo annichilito.

Il nodo di apprensione che ci aveva impedito di vivere nell'ultima settimana ecco era sciolto, scomparso, zavorra di sabbia che con un tonfo sordo e definitivo piombi giù. Gloria era viva, sana e salva. La nostra adorata mamma. Niente di così terribile, solo se n'era andata via, tutto lì: fuggita da casa, casa sua, via dalla sua famiglia. E Seba incredulo, sordo a quel nostro dolore che segnava la fine, un capolinea. La mamma stava bene, l'avremmo rivista. Non c'erano scomparsi, o feriti, o perdite insopportabili da accettare. Si concludeva un incubo, eppure il dissesto continuava, cresceva, quella partenza senza preavviso di Gloria ne era solo un primo segnale. Un muro aveva cominciato a sgretolarsi e non avrebbe smesso. La nostra fiducia negli adulti, era quella a finire.

Lungo il cammino fino alla scuola la mattina dopo, il sollievo di non veder più appesa su nessun muro la dannata fotografia. Doveva esser stato Seba all'alba a strappar via le fotocopie affisse in giro, in cuore chissà che consolazione amara.

«Tu la vedi la foto, Maddi?»

«No, non c'è, non ce ne sono più Nina, sta' tranquilla». Ogni cosa di nuovo sarà vera, avrei voluto dirle: dissestata eppure viva, con noi, in carne e ossa. *In carne e ossa*: ecco di cosa eravamo in cerca. Presenza, consistenza, realtà di quel che esiste, c'è. Con certezze del genere avrei voluto rassicurare mia sorella e invece non potevo, perché l'amore onnipresente di Gloria sarebbe stato diverso d'ora in poi, un amore più distante, meno incarnato, e io era come lo sapessi già.

«Cara la mia piccola Maddalena, vedrai come tutto ora torna a posto» m'ero sentita dire sottovoce dalla maestra mentre mi accingevo a lasciare l'aula e unirmi agli altri compagni nel cortile per la ricreazione. Io avevo fatto spallucce, ero rimasta zitta; sapevo che non era vero niente, che nessun miglioramento si profilava per noi. La fuga di Gloria era soltanto un primo passo, le cose si sarebbero complicate ancora. Come che fosse, nostra madre non era morta, non era stata rapita, nessuna tragedia era successa: di questo sentivo la salvezza, la stessa di quando l'asma mi aleggiava vicino, si preparava a serrarmi i polmoni, scuoterli, stremarli, e invece ecco il supplizio di una nuova crisi mi veniva miracolosamente risparmiato.

«Mammina mia, niente di brutto ti è successo. Grazie cielo, che capisci e sai». A letto, prima di addormentarmi, in un sussurro perché Nina non potesse sentire, rivolta a Gloria recitavo le mie silenziose preghiere segrete. Sollievo e gratitudine in me; in Nina rabbia, lacerti di un dolore astioso. «Nessuna mamma lascerebbe così le sue figlie, Maddi. La nostra si è comportata peggio della mamma di Hansel e Gretel» sentenziava a fil di voce. E dopo una pausa: «Non credo la perdonerò mai, voglio che tu lo sappia Maddalena». Nina e le sue condanne senza appello. Parole come pugni sferrati all'altezza del cuore, sfoghi che scivolavano nell'interstizio tra il muro e i nostri letti sovrapposti.

Nella casa di Monteverde disponevo di una stanza tutta per me, e a Gloria, a quella foto di lei insieme a noi due in riva al lago ora potevo parlare ogni volta che ne avessi il desiderio. L'immagine della mamma del resto non corrispondeva più a nessuna morsa di preoccupazione, pensarla non mi strizzava la bocca dello stomaco né opprimeva in nessun modo i miei fragili polmoni. Solo vuoto, mancanza, adesso. Gloria ora la vedevamo, ci era dato vederla; due domeniche al mese, come stabilito dal giudice tutelare. In modo intermittente e anomalo, nostra madre era di nuovo con noi: assente e sempre presente. Una meteora, un'apparizione; e più tardi, quando di nuovo andava via, regina incontestata dei nostri pensieri.

«Buonanotte mammina». «Ciao Gloria mamma bellezza; sii fiera di me, sono forte, vedessi come riesco a non piangere mai». Le conversazioni con la fotografia disegnavano il mio mondo. Ancore, quei dialoghi serali: appigli contro la corrente della sorte pur di non spezzare il filo che legava i nostri incontri raccordando ogni appuntamento al successivo. Conversare con la foto della mamma voleva dire tenderlo, quel filo: che tenesse insieme lui le nostre felicità strappate, e rare.

Con ardente pazienza attendevo l'incontro seguente. Solerte, disciplinata, molto brava a scuola – le domeniche agli appuntamenti con Gloria portavo con me i quaderni, orgogliosa mostrandogliene l'ordine perfetto, compiaciuta ascoltando le sue lodi. Lei approvava tutto con larghi sorrisi frettolosi: dobbiamo far svelte, sembrava ci volesse dire, veloci, il fiato è corto per i nostri scambi, ogni istante va sfruttato, vissuto, valorizzato perché è recupero del tempo che ci è tolto.

Se sento tanto forte il bisogno di tornare a Roma è per rivedere dei luoghi, alcuni in modo particolare. Monteverde e la strada dov'era casa nostra, via di Villa Pamphili; la Villa; via dei Quattro Venti, nel punto vicino allo slargo dove si trova la scuola che Nina e io frequentavamo. Ma anche strade del centro storico dove abbiamo passeggiato con nostro padre e nostra madre (con ognuno di loro, mai con entrambi insieme). Via del Governo Vecchio lì dove sbocca su piazza Pasquino; Palazzo Taverna, spazio alto, appartato e magico, ghiaia tra i palazzi antichi, muschio all'ombra delle fontane, un posto di cui mi sono innamorata da adolescente rendendolo destinazione di varie mie passeggiate solitarie; piazza Santa Maria Liberatrice a Testaccio, dove Mylène certe domeniche ci portava a mangiare il gelato, il fiume traversato a passo di marcia dietro a lei che dettava e spronava il ritmo della nostra andatura. E via Borgognona, lì dove la mamma è andata a lavorare ogni giorno, per tanti anni.

Il desiderio di partire è sopraggiunto improvviso; perché proprio ora e con questa urgenza, non saprei dire. Certo è un vero desiderio, nitido, che si staglia tra i pensieri come accade a una figura scontornata in una fotografia dove il resto dei particolari sia sfocato. Ora che Gloria è morta, ora che ci ha lasciate di colpo e questa volta per davvero, la nostra infanzia esplosa rischia di cancellarsi; prove tangibili mancano, gli scenari sono diversi, Nina, io, Seba, anche Mylène, tutti rispetto al passato viviamo altrove. Andare a Roma è tenere vivi i ricordi, impedire che sbiadiscano.

«Non ti ossessionare, Maddi» mi direbbe Nina se le confidassi le mie intenzioni di viaggio. «Cosa vai a fare? Meno tormenti! Quel che è finito, lascialo andare». Già: diversamente da me, lei sa tagliare di netto. Tanta meditazione orientale l'ha allenata a un «non attaccamento» che già per indole tendeva a praticare. Ha chiuso con Vittoria, con Petra, con Rebecca – le sue migliori amiche di Roma. Ha rotto con molte altre persone, Nina, e sempre senza strascichi. La sua irruenza e la natura collerica le ha trasformate in nettezza dei gesti: chiusure, svolte brusche, senza mai riappacificazioni, né rimpianti. Se davvero pianta Brian come al telefono mi ha annunciato di voler fare, sarà anche capacissima di cambiare la sua vita ancora una volta: lasciare Brooklyn, New York, gli Stati Uniti. Nina fulminea dove io sono lentissima. Lei categorica, mentre io temporeggio, pondero giudizi e nella paura di sbagliare non ne dò, e nel timore di eccedere sempre mi controllo.

«Aspetta, non precipitarti così!»: a Nina l'ho detto tante volte, e vorrei ripeterglielo anche adesso. Non avere fretta, soffermati; sii misericordiosa, concedi agli altri delle possibilità, stai anche tu ai loro ritmi. Ma Nina figuriamoci se mi sta a sentire: già lontana, corre in avanti. Corre tutti i giorni perché è appassionata di jogging, corre nella vita, nelle decisioni così come nelle azioni.

Papà, la nonna: presenze sempre parziali a tamponare la sola vera assenza – di Gloria, nostra madre. Venivamo accompagnate e riprese a scuola, in modo un po' sommario ma accudite, nutrite, seguite. Io ero ingrassata, Nina aveva perso peso. Ci portarono da un dietologo ad Ariccia, un vecchio signore con dei baffi bianchi e il sorriso gioviale. «Non è questione di quanto mangiano o non mangiano, le bambine. Il punto è piuttosto se siano lasciate libere di esprimersi, e quanto di residuo invece spostino sull'alimentazione» lo sentii dire a papà, il quale sconcertato da quella diagnosi avanguardista era rimasto a fissare il medico senza proferire parola.

Papà è fotografo di matrimoni. Allora già lavorava molto, e bene, realizzando immagini di qualità in tempi rapidi, senza far troppo aspettare i novelli sposi impazienti di vedere immortalata la loro felicità. Qualche anno per ingranare e raggiungere il suo obiettivo: Seba Cavallari era diventato fotografo tra i più richiesti non solo agli sposalizi dei Castelli, anche a quelli di Roma. Poi il grande salto: il suo nome aveva cominciato a circolare su scala nazionale.

Quando ancora abitavamo insieme, se era particolarmente soddisfatto di un servizio fotografico ci portava nel suo studio per mostrarcelo; voleva il nostro parere, «gli dava forza», diceva. Momenti che Nina e io amavamo molto. Lo studio era allestito nel sottotetto della casa di Genzano, per raggiungerlo dovevamo arrampicarci su per una scala a pioli – già il solo salire là sopra ci eccitava, preannunciava il divertimento imminente. Poi, sedute in terra tra lampade, treppiedi, bottiglie di solventi, guardavamo le diapositive che premendo sul «grilletto» di un telecomando (a forma di pistola, giustappunto) papà faceva scorrere proiettandole sul muro. «Questa!» esclamavamo Nina o io, imperative, puntando il dito verso la parete, quando uno scatto attirava il nostro interesse. Allora Seba di nuovo «sparava» con il suo telecomando, zoomando sui dettagli così da renderli a portata dei nostri occhi attenti. Captavamo tutto: la gioia degli sposi, il loro affaticamento dietro l'aria felice. Le espressioni radiose delle mogli, quelle più interdette dei mariti. I vestiti sgargianti degli invitati (facevamo scommesse su quegli abiti, se fossero stati o no comprati per l'occasione, se pagati tanto o poco). Per noi un vero e proprio addestramento all'attenzione: entrambe man mano più abili a non farci sfuggire nulla, scrupolose nell'interpretare l'allegria e l'entusiasmo di quegli sconosciuti decifrandone smorfie, traiettorie di sguardi, posture.

Nelle sue trovate papà era estroso, anche poetico. Realizzava sempre un ritratto dei co-suoceri (se tutti viventi, i quattro genitori degli sposi riuniti insieme); altri scatti di marito e moglie affiancati rispettivamente dall'invitato più anziano e dal più giovane. Piccole gemme creative nel tempo rivelatesi utili a dargli notorietà. Grazie al passaparola e a un talento di Seba per le pubbliche relazioni, arrivò l'affermazione professionale. Il sino a quel momento sconosciuto Seba Cavallari eccolo oggetto di continui inviti, ingaggi, proposte di lavoro.

Della convivenza sole con lui (continuativa, non saltuaria come fu poi), i ricordi di quei momenti nel suo studio nella mansarda sotto il tetto restano i più felici. Partecipazione venata di tristezza la nostra, però. La gioia che osservavamo nei servizi fotografici di Seba a noi era preclusa: traguardo irraggiungibile perché sconosciuto. Unire due vite, due destini, nella convinzione di legarli per sempre: letizie del genere a Nina e me non sarebbero capitate mai, pensavamo così.

Sì, la famiglia apparteneva agli altri, non a noi. Seba neppure aveva niente a che fare con la festosità di quelle cerimonie: non partecipe, solo testimone, immortalatore – qualcuno che se la contentezza sa vederla, ritrarla, è perché ne sta fuori, a lato. A papà il compito di catturare quei picchi di armonia e trasfigurarli in immagini. I festeggiamenti per lui altro non erano che occasioni per carpire qualche lode, molti «grazie», sorrisi durante le pose, libero accesso ai rinfreschi, opportunità di distribuire agli invitati i suoi biglietti da visita sperando in occasioni ulteriori, altri matrimoni da poter fotografare. E basta: il futuro delle coppie ormai sposate non lo riguardava, né lui né tantomeno noi. La famiglia – pensata come progetto, concetto, ideale, punto di partenza e d'arrivo – era forma distante, del cui disegno non avremmo fatto parte mai. Brezza leggera, forse deliziosa, osservata da lontano soffiare su altri.

«Tornerà? Abiterà di nuovo con noi in questa casa?»

«Non tornerà».

«E come fai a esserne così sicura?»

«Mamma si è innamorata di un altro uomo, Nina. Di quel signore che c'era l'altro giorno ai giardinetti, te lo ricordi...»

«E perché?»

«Perché... perché di papà non si fidava abbastanza».

Nina era rimasta a lungo a fissarmi, in silenzio. I suoi occhi verdi di solito splendenti si erano adombrati, una patina di malinconia li rendeva opachi. Darle quella notizia/bomba mi riempiva di tirannica soddisfazione: tanto era stato duro capire la verità, tanto ora spartirne con mia sorella tutta la portata era un sollievo – cupa e vendicativa, ma una liberazione.

Come stessero le cose io lo avevo intuito da dettagli: frammenti di informazioni poi ricomposti nella testa come tessere di un puzzle. Primo dettaglio, conoscere Marcos («il signore dei giardinetti»), accorgermi delle sue attenzioni verso Gloria. Altro indizio, una conversazione tra papà e sua madre, Imma, origliata dalla mia postazione dietro la porta del salotto della casa di Genzano.

«Lo ama... questo mi ha detto, che si è proprio innamorata» stava dicendo Seba.

«Dio santo, che serpe» avevo sentito la nonna rispondergli. «Una vipera. Tu però, mi spiace ma devo dirtelo Sebastiano, come sei stato ingenuo!»

«Le bambine se le sogna, questo mamma te lo garantisco».

«Speriamo, almeno quello! vorrei pure vedere. Io dall'inizio ti avevo avvertito, te lo ricordi o no? Il giorno che me l'hai portata a casa, subito l'ho capita la tua Gloria. Quegli occhi furbi, di straniera che il mondo nuovo sa come fregarlo e a ogni costo deve riuscire. Facile immaginarselo, che tempo poco t'avrebbe messo in qualche guaio quella tr...»

La parola non la conoscevo, ma non aveva importanza, già ero scappata via, nella nostra camera dove Nina già era a letto, semi-assopita, io rapidissima a infilarmi nel mio, tirar su la trapunta sino alla testa e rannicchiarmi là sotto, accucciata, il respiro un po' in affanno, gli occhi stretti per non vedere altro, basta così, più niente ancora.

Tempo dopo ci furono i funerali della nonna e ci venne impedito di partecipare. Io il mio commiato da Imma però lo avevo preso già quella sera origliando il suo anatema. Troia? Mia madre nessuno si azzardasse a offenderla, insultarla. Nessuno poteva.

«Raccontami com'erano» aveva chiesto Nina una volta quando ormai vivevamo a Roma. La nostra differenza di età è minima, poco più di un anno, eppure come primogenita la depositaria delle nostre memorie ai suoi occhi ero (e resto) io.

«Com'erano insieme, vuoi dire? Più che altro litigavano...»

«Allora raccontami come litigavano».

Domenica, luce su Roma già primaverile, sbaffi di rosa sparsi su un cielo di un azzurro che è una gioia per gli occhi. Avevamo aperto le sdraio e sulla terrazza ci stavamo godendo quel clima divino. Faceva piuttosto caldo, Nina era in pantaloncini e maglietta, già pronta per lo sport, io avvolta da un kimono (Seba da poco era stato in Giappone e ce ne aveva portati due, rosso a fiorami quello di Nina, bianco a losanghe blu scuro il mio). Davanti a noi la distesa della Villa, un sontuoso e sterminato manto verde lucido, mai uguale. Ricordi isolati ma nitidi, i miei. Litigi tra Seba e Gloria di fatto ne rammentavo solo due. Il primo diverbio era stato in macchina, mentre dai Castelli lungo la via Appia raggiungevamo Roma. Seba al volante,

Gloria accanto a lui che ostinata gli voltava le spalle, stava girata e con la fronte schiacciata sul vetro del finestrino guardava fuori. Sopra a un maglione nero a collo alto quel giorno portava una giacca di pelliccia finta, beige, sbracciata, e leggings lucidi infilati negli stivali. Sempre elegante la mamma, il suo aspetto già allora non conosceva sciatterie, mai un dettaglio che potesse disordinarne l'insieme. Io dalla fessura tra il mio posto e il finestrino l'avevo spiata, si mordeva il labbro per non piangere, contratta in quella posizione voltata, sempre più chiusa nel suo risentimento. Mentre guidava Seba intanto aveva cominciato a urlare, le mani staccate di continuo dal volante per gesticolare, furioso. Rinfacciava a Gloria una serie di comportamenti secondo lui inammissibili: l'accoglienza troppo fredda che la mamma avrebbe riservato a certi conoscenti incontrati al lago la domenica prima, le sue latitanze dalle riunioni della scuola, «la tua assenza è stata notata da tutti Gloria, capisci cosa significa tutti? *Todos*...» E certe rispostacce che le aveva sentito dare a sua madre, Imma, «che fino a prova contraria è tua suocera, se anche tu e io non siamo sposati è comunque una persona a te più che vicina... o sbaglio? *Tu me entiendes o estoy equivocado?*» Qualche parola di spagnolo papà la masticava in omaggio alle origini argentine di Gloria, ma usava quel suo povero vocabolario solo per polemica, con la voluta intenzione di provocare, quando – come ora – era arrabbiato.

In macchina ogni parola rimbombava. Dietro, accanto a me, c'erano Nina e la sua ansia, la disperata frenesia con cui succhiava il ciuccio (già grandicella ma lo usava ancora), serrandolo tra i denti quasi lo volesse inghiottire. Pulsava come il battito del cuore la sua apprensione, una terza presenza lei anche sul sedile posteriore, con noi ad ascoltare quelle accuse gridate da nostro padre a nostra madre. Se il significato delle parole restava oscuro, avvertivo però con chiarezza le correnti. Il veleno delle parole di Seba e il dolore di Gloria, la quale nel frattempo aveva smesso di trattenersi e solo piangeva, silenziosa, giusto un lieve sussultare delle spalle, altrimenti per quanto possibile attenta a non farsi scorgere da noi sedute dietro.

«Che brutte scene: a immaginarle mi si stringe il cuore. E proprio non ricordo niente, non lo trovi strano, Maddi?!» Nina dal balcone si era spostata in cucina, di lì tornando con due bicchieroni di coca-cola su un vassoio, fettine di limone e cannucce colorate, i cubetti di ghiaccio che tintinnavano lungo il tragitto fino a me. «E poi? Racconta ancora, ti prego» mi aveva chiesto, poggiato il vassoio in terra e tornata ad accoccolarsi nel dondolo di vimini, le gambe muscolose nude sotto i pantaloncini corti rannicchiate.

«E poi, Maddi? Dài...» Avida mia sorella, di immagini per lei troppo lontane e che a me invece in quel momento era sembrato incredibile potesse aver dimenticato.

«Poi cosa? il secondo litigio, intendi?»

«Sì».

«Quello! molto più violento. Stavamo cenando, era sabato sera e ci avevano accordato il permesso di andare a letto più tardi del solito. Noi discutevamo su quale film vedere; un bisticcio qualsiasi, senza valore, che tempo pochi minuti era diventato niente a confronto della loro lite».

«... brutta, di nuovo».

«Bruttissima. Arrivarono alle mani quella volta...»

«Veramente? Proprio si sono picchiati?»

Nina si era di nuovo alzata per prendere da bere, con uno slancio delle gambe deciso che aveva fatto cigolare e stridere i sostegni a catenella del dondolo. Faticoso dover riempire quei buchi di memoria di mia sorella. Sostenere quel gioco delle parti per cui sempre e solo di Nina è la libertà di scordare.

«Papà sollevò il braccio per colpire Gloria», avevo ripreso a raccontare, «lei però fu veloce a schivare il colpo e subito dopo a scappare nel corridoio. E da lì gridava, lo malediceva! 'Sei pazzo, pazzo Seba, vedi cose che non esistono... non è come dici tu.... e come potrebbe? Lasciami, lasciami stare, bugiardo sciagurato!'»

«Che brutto...» aveva commentato Nina mentre si dondolava piano guardando in direzione della Villa in cerca di pace. Avrei voluto non ricordarle neppure io quelle immagini, più cupe ancora nel contrasto con quel bellissimo mattino sul nostro terrazzo, dove ogni dettaglio era armonia – il celeste del plumbago piantato da Mylène in grandi vasi quadrati, perfettamente in tono con il lilla del glicine sul pergolato.

«... lui poi l'ha raggiunta nel corridoio e le si è avventato contro, l'ha presa per i capelli, la strattonava...»

A gridare a quel punto erano stati tutti e due, folli di rabbia. Erano così diversi, eppure uguali nella ferocia del litigio, avevo fatto in tempo a pensare prima che il mio respiro già in affanno capitolasse a un attacco d'asma violento. Diversi, il giorno e la notte, anche fisicamente: Gloria esile, slanciata, sradicata, un giunco che oscillava nella furia della propria autodifesa; papà piccolo e meno alto di lei, ma tanto più robusto, il corpo un unico fascio di nervi scosso da una pulsazione sola mentre afferrava la mamma con una collera che lo rendeva improvvisamente fortissimo, negli occhi un'espressione terrorizzata e furibonda insieme.

Il Ventolin: stapparlo, infilarmi in bocca il lato più corto del tubo, azionare subito dopo lo spray per dare ossigeno. Gloria adesso mi era accanto, ancora scossa dallo scontro con papà ma lo stesso mi sosteneva, baciandomi sulla fronte e intanto grazie a una leggera pressione di indice e medio massaggiandomi le tempie. C'era anche Nina: un fiotto di energia calda la presenza di mia madre e mia sorella insieme, quella corrente d'amore che ci legava, inscindibili, noi tre. «Passa, piccola mia» sentivo la mamma dirmi, «respira forte con la bocca bene aperta, così Maddi, brava. Coraggio, che tra poco finisce tutto».

«Nemmeno il mio attacco d'asma di quella sera hai in mente, Nina?» Avevo bevuto un lungo sorso della mia coca-cola e avevo guardato lontano, lì dove la linea del cielo si congiungeva ai contorni degli alberi. Una pausa da quei ricordi difficili, insidiosi come spine.

«Di quello ho un'immagine, sì, anche se confusa: tu che ansimi, gli spray. Ma è tutto vago...»

Siamo restate in silenzio; davanti a noi lo spettacolo della Villa, i pini guardati così dall'alto erano un'unica distesa di gradazioni di verde. Un'autentica meraviglia. Di lì a poco ci saremmo salutate, Nina per andare ad allenarsi, io a suonare. Avevamo vite separate adesso, mia sorella si vedeva con le sue sempre numerose amiche (troppe ai miei occhi), io ne frequentavo una sola che si chiama Mauretta Gigli e viveva a due isolati da noi. Talvolta della mia misantropia mi preoccupavo: se non sono capace di stare con gli altri è un mio limite, un blocco che mi impedirà in futuro, mi dicevo. Ma facevo fronte, un po' avevo imparato ad assolvermi. La nostra adesso era una vita regolare, senza scosse, quieto scorrere del tempo nel quadro della routine impostata da Mylène; se sapevo trattarmi con maggiore indulgenza era anche grazie al conforto che quel ritmo abitudinario mi procurava.

Sprazzi di memorie. Dopo il litigio asprissimo tra Seba e Gloria, quel sabato sera sulla casa era calato il silenzio. Noi ci eravamo addormentate vicine, nel letto di Nina, esauste. Il mio respiro ancora un po' in affanno, placido quello di mia sorella. In cuore un subbuglio, per tutte e due; l'impressione e lo sgomento per quella scena cui avevamo appena assistito. L'unione dei nostri genitori si sgretolava, dopo quella sera non saperlo ci era stato impossibile.

Certe volte sognavo di scappare. Sottraendomi alle responsabilità che da sola avevo stabilito come mie, inventarmi un'altra esistenza, un'altra Maddalena, lontano. Troppo distratta dalla vita degli altri – da quella di Nina specialmente – trascuravo la mia. Lo sapevo, e per quello mi autorizzavo a vagheggiare ogni tanto delle fughe. Non pensavo al futuro, non coltivavo ambizioni. La mia unica amica, Mauretta Gigli, sognava di diventare avvocato, Nina al tempo sosteneva di voler diventare regista, Rebecca veterinaria, Petra erborista, Vittoria cuoca. Io niente, per me non riuscivo a farmi venire in mente nulla. Dopo un po' che Mylène era con noi, avendola molto osservata mi dicevo che da grande avrei voluto possedere la sua stessa stabilità, quella calma armonica con cui la vedevo affrontare le giornate. Una vacanza di Pasqua Nina era rimasta a Roma con Seba e io avevo seguito Mylène in Francia, in campagna dai suoi, vicino a Nantes. Pochi giorni per conoscere e ascoltare in me quell'altra Maddalena, il carapace meno poroso, non sbilanciata sugli altri, bene centrata in me stessa. Che vivere all'estero sarebbe stata la soluzione devo averlo meditato durante quel viaggio con Mylène. Idea subito messa a tacere, molto tempo prima che prendesse forma. «Io a te ti vedrei preside» mi ero sentita dire da Rebecca, l'amica di mia sorella. Eravamo in cucina, loro fabbricavano lo slime, mescolati in una ciotola farina e detersivo del bucato, guardavano lievitare e gonfiarsi una viscida pastellina azzurra. «Preside? E perché, spiegami» avevo domandato mentre con la spugnetta bagnata mi sforzavo di pulire il pianale cosparso di scaglie e sbavature del loro schifoso intruglio.

«Perché è come dice tua sorella» aveva incalzato lei. «Zitta zitta, con quell'aria da santarellina tu Maddalena pretendi di controllare ogni cosa». Nina annuiva, soddisfatta e sorpresa della inattesa dichiarazione di alleanza. Io ero corsa a rifugiarmi sulla terrazza. Il cielo era lattiginoso, bianco sporco, la città rumorosa, stanca. Una via d'uscita. Era quella a mancare.

Vent'anni, Gloria, quando aveva conosciuto Seba Cavallari. Si erano incontrati perché mio padre era fotografo di un matrimonio celebrato nell'hotel dove mia madre era receptionist al desk. Per caso s'erano trovati vicini al momento del primo brindisi agli sposi. La bellezza di lei doveva aver colpito Seba come una folgore. Certo non so esattamente come si siano svolte le cose tra di loro; ma ci ho pensato tanto, e credo che più o meno così sia andata – «più o meno», cioè secondo la storia per come io l'ho ricostruita nella mia immaginazione. Deve averlo attratto quella ragazza, splendida nonostante l'anodino tailleur in viscosa beige, divisa del personale dell'albergo. Per lui era una giornata indaffaratissima: la famiglia della giovane era facoltosa, aveva chiesto «almeno» trecento scatti, e papà non faceva che spostarsi da un punto all'altro della festa. A un certo momento aveva avuto una gran fame, un buco allo stomaco che lo tormentava e gli impediva di concentrarsi. «Non è che mi aiuti a trovare qualcosa da mettere sotto i denti?» aveva chiesto a Gloria. Lei subito era scesa nel seminterrato, nelle sale adibite a cucina. Conosceva il posto di ogni cosa, per racimolare i cibi le ci era voluto poco; era tornata di sopra con un vassoio di porzioni del menu di nozze – ravioli al salmone, arrosto con mousse di avocado, una charlotte di frutti di bosco. «Sei un angelo, grazie. Ti andrebbe di tenermi compagnia mentre mangio?» Così s'erano seduti insieme nello stanzino alle spalle del desk, lì dove Gloria con i colleghi durante le pause usava consumare i suoi pranzi portati da casa.

«Non sembri italiana... da dove vieni?»

Mia madre aveva riso, la penombra la aiutava a nascondere il rossore sulle guance per quello che le era risuonato come un complimento. «Sono arrivata a Roma con i miei quando avevo sette anni; prima eravamo in Argentina...»

«In Argentina, dove?»

«Un piccolo paese nella regione di Rosario. Mio padre lavorava alla dogana, della possibilità di un posto a Roma è venuto a sapere da un collega...» Lì si era interrotta: parlare di sé la metteva a disagio. «Tu invece sei romano?»

«Più romano di così! Dei Castelli, di Genzano...» E Seba era scoppiato in una risata, contento come si sentiva per quel cibo delizioso gustato in compagnia della bellissima ragazza.

«Anche un calice di champagne mi aiuti a trovare?»

Tutto veloce, spontaneo: naturale. Chiacchierare, piacersi, scambiarsi i numeri di telefono. Andare insieme in pizzeria, al momento della buonanotte baciarsi, all'appuntamento successivo andare a letto. Seba si innamorò senza riserve. I tratti più evidenti della natura di Gloria li aveva già colti – quanto fosse ipersensibile, autoritaria anche nella troppa delicatezza; dietro la facciata composta, preda di stati d'animo contrastanti, mutevoli, lo stesso difficile carattere che ha trasmesso a mia sorella. Ma c'era la presenza di lei, così densa, sostanziale. Una fisicità che lo faceva impazzire, quelle gambe di Gloria, lunghe e liscissime, trampolini verso un piacere tutto nuovo. Il verde degli occhi, più chiaro e acquoso dopo che avevano fatto l'amore. Lei lo calmava, lo riempiva. Persino la sua inquietudine era appagante; poco tempo insieme, e già Seba desiderava convivere.

Sono stata concepita a Venezia, durante un ponte di Ognissanti. Seba e Gloria ci avevano fatto tappa dopo che il sabato mio padre aveva lavorato a Chioggia per il servizio fotografico di un matrimonio lussuoso. Era stato un soggiorno breve e molto romantico, in una pensioncina dietro il Campo Santa Margherita – me lo aveva raccontato la mamma quando io ancora ero piccola, ma già in grado di ascoltare e assorbire i suoi ricordi, i rimpianti, l'ambivalenza di certe sue nostalgie. Non sono stata una figlia cercata, però i miei genitori di aspettarmi sono stati da subito molto felici, tutti e due, così lei mi ha assicurato. Sono nata d'estate, in un pomeriggio di luglio caldissimo. Il travaglio è stato lungo, il parto non facile. Avevo un braccetto piegato, la curva del gomito ostruiva il passaggio. Per evitare la possibile frattura della clavicola avevano provato a girarmi su un lato. Molti tentativi; arrivato il momento di spingere, Gloria era prosciugata nelle forze, e le mie prime settimane di vita sono state per lei un pazzesco dispendio di energie. Era giovane, sana, piena di latte: ma sfibrata.

Quattordici mesi dopo è arrivata Nina. Considerata l'esperienza difficile del parto precedente, ginecologo e ostetrica hanno imposto a Gloria un cesareo. Tutto facile e veloce, questa volta. La mamma aveva meno latte, Nina la nutrì al seno quattro mesi soli. La nascita di quella seconda figlia, evento felice che avrebbe dovuto consolidare la stabilità coniugale, invece tra lei e Seba, come succede a tante coppie, credo abbia scavato il solco di un malinteso irreversibile. Si era inscenata tra loro una finzione via via più penosa per entrambi. Vivevano insieme, ma ogni giorno di più ciascuno dei due consapevole di non essere adatto all'altro, non compatibile; man mano rendendosi conto di aver compiuto un drammatico errore a legarsi così tanto. Lì l'equivoco, quel grande equivoco di cui siamo il frutto, io ancora più di Nina: lei almeno è stata voluta, io sono arrivata per caso – per una sorte felice, spensierata, ma casuale.

Non vivevano più a Roma, bensì a Genzano. Un piccolo mondo che a Gloria bastò poco tempo per avvertire come meschino, pettegolo, invidioso. Seba la lasciava spesso sola, partiva per trasferte di lavoro, chiamato a fotografare matrimoni in giro anche per il nord Italia, adesso. Era entrato in contatto – presto avviando una solida collaborazione – con un'impresa di catering per matrimoni che operava in Lombardia, Veneto, più tardi anche Piemonte. Viaggiava, e quando si fermava a casa, a non lavorare si stufava, smaniava; accampava scuse per andare a Roma, dove si tratteneva l'intera giornata. Tornava che era sera tardi, stanco, taciturno, scontroso. Un po' di zapping per trovare il programma giusto, pochi minuti e chiusi gli occhi già crollava. «Dài Seba, vai a letto, non lo vedi che sei stanco distrutto?» Immagino che Gloria gli dicesse ogni volta mentre non troppo dolcemente lo scuoteva per svegliarlo. Noi già a letto da un pezzo; nella casa avvolta dal silenzio Gloria, rimasta sola davanti alla televisione accesa, ascoltava in sé stessa maturare l'isolamento, la malinconia, un'indolenza insofferente e avvelenata. Ogni giorno di più si sentiva fragile, fuori posto; nel mentre avvertiva la solitudine di percepirsi estranea, non accolta da Seba, non dalla madre di lui, non in quella Genzano troppo stretta perché anche uno solo dei suoi desideri potesse trovare realizzazione.

Dopo la nascita di Nina le giornate per la mamma si erano fatte ancora più lunghe, pesanti da far passare. Specie le mattine dovevano essere interminabili: se ne andava in un piccolo giardino pubblico di Genzano, si sedeva su una panchina, il braccio presto anchilosato a forza di cullare il passeggino doppio dentro cui stavamo Nina e io. Cercava di ingannare il tempo, sfogliava riviste femminili, ostinata provava per l'ennesima volta a leggere *La donna di gesso*, un romanzo acquistato all'edicola della Stazione Termini, iniziato da mesi e che non le riusciva mai di terminare. Si annoiava a morte: e il peggio era che lo sapeva, ne era del tutto consapevole.

Ogni tanto ci affidava a nostra nonna e in macchina se ne andava al lago, ad Albano. Mi sembra di vederla, parcheggiare sullo sterrato a pochi metri dall'acqua, poi lungo la riva mettersi a camminare veloce a passo di corsa. Pompava il fiato e marciava, lo sguardo fisso verso l'orizzonte troppo vicino della sponda opposta. Tutto la opprimeva, fuori e dentro. «Merito di più» mia madre si diceva durante quelle passeggiate gonfie di esasperazione. Meritava, sì: più agio, e libertà, e felicità. Spazi ampi, diversi da quei paesaggi angusti dove abitava senza averlo desiderato. Non amava Seba, ora aveva l'impressione di non averlo amato mai. E nel pensare così ancora di più si sentiva mancare l'aria.

«Posso chiamarti?»

«Ok, tra venti minuti».

Due whatsapp per fissare un appuntamento telefonico. Rapide a capirci noi due, sempre. Scendo di sotto, mi sembra più prudente: Valentina, mia figlia, è già rientrata ed è lì che si aggira per la casa senza sapere bene cosa fare, e quando si annoia così è facile ficchi il naso nella mia vita, a un tratto curiosa di me che di solito non le interesso affatto. Meglio con un pretesto uscire – ho necessità di parlare liberamente con mia sorella, senza correre il rischio che qualcuno possa sentirmi. Così nascondo il telefono sotto il golfino e scendo nella *cour* del palazzo, un triangolo ritagliato tra grigie mura interne, molte piante in vaso, sprazzi di luce su foglie e fiori ora che è pomeriggio e c'è il sole.

«Brian sta male, Maddi. Malissimo; non sopporta l'idea che lo lascio».

«Già… me lo aspettavo, sai. Le cose mica puoi pensare che si chiudano quando e come lo decidi tu. Non è che una relazione si trancia di netto perché ti gira». Le parlo con severità esagerata, me ne accorgo, ma il fatto è che provo verso Brian una simpatia sincera, gli sono davvero affezionata e la circostanza serve a farmelo capire. Deve sentirsi talmente male, lui, a essere piantato in quel modo – un qualche segnale del mio sconcerto a Nina non posso non darlo. Brian mi fa pena e desidero che lei lo sappia.

«... Sta male, Maddi, veramente, fa impressione; mi ricorda papà quando veniva a Roma ed era talmente giù che non sopportavo la sua presenza... Si è anche messo a piangere oggi, mentre parlavamo. Eravamo seduti al pub, sai quel locale che c'è su Montague Street, dal lato opposto della galleria...»

Non so, no. Vorrei dire a Nina che mollare qualcuno così, all'improvviso, senza dare spiegazioni, è distruttivo – non proprio, ma quasi quanto il gesto di nostra madre quando se ne andò via senza dare notizie di sé per una settimana. Spronarla a rendersi conto che Brian è un uomo di valore, di gran lunga il migliore che lei abbia incontrato, chissà se e quando le capiterà di nuovo di conoscerne uno così. Alla sua età dovrebbe avere imparato a mettersi nei panni altrui: a capire le situazioni e le persone, a essere più paziente, più compassionevole.

Vorrei esprimermi, ma non parlo. «Sei già andata a correre oggi?» chiedo invece. «Devi prenderti cura di te, Nina; è sempre la cosa migliore da fare nei momenti difficili. Ti ricordi come diceva Mylène? *Molta pena, molto sport*».

Ridiamo, ai due lati del mondo; noi vicinissime per quella sintonia sempre capace di rinnovarsi, trovare rigenerazione azzerando ogni distanza. «Sì sì, figurati se non vado a correre: i miei quaranta minuti di giro di Prospect Park non me li toglie nessuno, tranquilla Maddi. Caschi il mondo, su questo non mollo».

Mentre risalgo a piedi i cinque piani di scale, sotto la manica del golfino sento vibrare vari messaggi in successione, raffiche di comunicazione compulsiva inviate a intervalli minimi l'una dall'altra. Scorro la casella whatsapp prima di infilare la chiave per rientrare in casa: emoticon di runner, cuori lilla e verde, mani giunte in preghiera. Sorrido; qualche progresso Nina lo ha fatto, in passato i suoi drammi amorosi mai avrebbe saputo sintetizzarli così – mai, prima, capace di quell'ironia. Anch'io le mando un cuore, rosso fiammante. Vale al piano sta suonando *My funny Valentine*, la «sua» canzone. Mi siedo con lei per un quattro mani, uno di quei momenti solo nostri che ci fanno ritrovare, a un tratto lontane anni luce dai nostri fastidiosi battibecchi continui. Eppure anche mentre suono, e dopo a cena quando rido coi miei figli e con Pierre parlo di tutt'altro, il pensiero di mia sorella non mi lascia.

Marcos era il cugino di Angela, la donna che aveva fatto da balia a Gloria a Pérez, il suburbio di case basse e lamiere a pochi chilometri da Rosario dove lei era nata. Mia nonna non aveva latte e mia madre era stata affidata a quella donna, nutrita dal suo seno. Il contatto tra le due non si era mai interrotto, nemmeno dopo che mia madre con i genitori si era trasferita in Italia. Poi un giorno a Genzano era arrivata una lettera di Angela. Diceva che per un mese sarebbe stato a Roma un suo cugino, chiedeva a Gloria di incontrarlo, tra l'altro perché lui aveva da darle dei regali per noi.

Quante volte mi sono figurata lo sbocciare di quell'amore di mia madre, proprio come ho immaginato l'unione tra Gloria e Seba.

«Certo che lo incontro, con molto piacere!» la mamma aveva scritto nella sua lettera di risposta spedita a Pérez. Parole buttate giù senza molto pensarci, preda di uno strano entusiasmo presago. Quando il cugino di Angela infine l'aveva chiamata, lei gli aveva dato appuntamento al largo Argentina, davanti al Teatro. Due argentini che si incontrano a largo Argentina: aveva sorriso della coincidenza più tardi, notandola. Noi eravamo rimaste a Genzano con Imma, nostra nonna. Gloria rivedeva Roma dopo quasi un anno. Era scesa dal pullman alla Stazione Termini, aveva cominciato a camminare. Trovava tutto bellissimo. Era settembre, il sole dorato si rifletteva sulle facciate dei palazzi. Sì, quel che vedeva era splendente, splendente e perduto: la sua vita romana la sentiva distante, irraggiungibile, e il tragitto fino al largo Argentina era stato un'altalena di malinconia e contentezza, di ricordi piacevoli sovrastati da un sentimento doloroso, una pena sottile per la quale sentiva non esserci rimedio.

«Ciao».

«Ciao a te». A lei per quella risposta era venuto da ridere, ma più delle parole era lui, quel giovane a comunicarle allegria. Timido, gli occhi di un nero carbone, scuri come a Gloria era sembrato di non averne mai visti uguali.

Quel giorno mia madre aveva accompagnato Marcos prima al Foro Romano, poi al Pincio. Una cicerone perfetta: conosceva le strade, ogni angolo, anfratti, curiosità, i percorsi più brevi. Il suo spagnolo era scarso, dunque avevano comunicato poco, ma di trovarsi insieme erano contenti, l'impaccio dei loro scambi li divertiva. «Vedi, qui prima c'erano tanti gatti» Gloria gli aveva detto indicando il quadrilatero di rovine in mezzo al largo Argentina; «poi li hanno tolti di mezzo, sporcavano troppo». Lui aveva aggrottato le sopracciglia (erano folte, nere), «*no entiendo*» aveva farfugliato smarrito, poi aprendosi in un sorriso largo che mostrava la dentatura bianchissima e perfetta.

«Gatti... miao!» Gloria s'era sbracciata a spiegare, indice e medio delle due mani posizionate a «vu» sulla testa per imitare le orecchie feline. Aveva persino ondeggiato le anche nel gesto di muovere una coda immaginaria, e la grazia e la sensualità con cui muoveva il sedere avevano fatto girare molti passanti – il fondoschiena di mia madre, come quello di Nina: sensazionali.

Marcos era scoppiato a ridere: «*Ah! gatos! Yo lo sabia, pero no estaba cierto!*» Lo aveva pensato, ma non era sicuro. Gloria a vederlo così entusiasta s'era sentita felice, una gioia di ragazza contagiosa, sfrenata, il primo soffio di leggerezza dopo chissà quanto tempo. Una prima scintilla del suo innamoramento era scoccata in quel preciso istante, mentre rideva e lo fissava senza riuscire a smettere di guardarlo, di perdersi nel nero di quegli occhi.

Si erano rivisti il pomeriggio seguente, e il più possibile nei giorni dopo. Per giustificare le assenze ripetute, a nostra nonna Gloria aveva addotto la stessa scusa accampata con Seba parlandogli al telefono (Seba era a Milano, faceva base lì alcuni giorni per realizzare un dépliant promozionale commissionatogli dall'impresa di catering). Diceva, Gloria, di avere trovato un lavoro di sostituzione come guida turistica e che per qualche giorno avrebbe rimpiazzato una sua conoscente allora in congedo maternità. «E che ne sai tu scusa, di Roma, della storia della città?» Seba le aveva chiesto un po' sprezzante al telefono. Intendeva ferirla, ma a lei non era importato; la bugia, del resto, bugia non lo era del tutto, perché la mamma cicerone in quei giorni lo era davvero, e in modo fantastico.

«*Ruinas*», «*parque*», «*puesta del sol*», «*billete*»: Marcos aveva insegnato a Gloria nuove parole di spagnolo. Termini che lei doveva avere ascoltato pronunciare da bambina, ma dimenticati, e che ora invece memorizzò subito, poi divertendosi a ripeterli; schegge della sua lingua madre che le dava allegria anche il solo balbettare.

A uno di quegli appuntamenti Gloria ci portò con sé.

Successe un sabato pomeriggio, ai giardinetti di piazza Re di Roma, sulla via Appia. Già da lontano, vedendo Marcos, subito avevo intuito che si trattava di lui. «Passerà a salutarci un mio amico» ci aveva detto la mamma quando ancora eravamo sulla corriera verso Roma. «Non parla italiano» aveva aggiunto guardandosi in uno specchietto minuscolo estratto dalla borsa e allungando le ciglia con la spazzolina del rimmel; «è molto gentile, siate gentili anche voi, gentili e brave, bambine: ci tengo».

Marcos mi era sembrato bello, con qualcosa nell'aspetto di stranamente familiare. Indossava dei jeans e sopra i jeans un giubbotto nero di pelle morbida che gli scivolava sulle spalle. Giovane, pieno di energia: avevo subito notato le sopracciglia folte, la piega della bocca, amara o triste difficile dire, certo una smorfia che diceva esperienza, precoce conoscenza della vita. Impressioni registrate subito prima che Nina si prendesse tutta la scena con un capriccio dei suoi, di quelli preceduti da moine isteriche studiate ad arte per attirare l'attenzione. Mia sorella aveva cominciato a sorridere, poi a ridere, via via più nervosa. A me tirava i capelli, alla mamma il cappotto, strattonandoci, smaniosa che ci occupassimo di lei. «Cosa fai Nina, non ti accorgi che gli stai facendo male?» le aveva gridato la mamma mentre la trascinava via dallo spazio giochi dove nel frattempo mia sorella era riuscita a scappare, poi avventandosi su un bambino per rubargli dei biscotti che lui stava placidamente mangiando seduto in terra, vicino alle altalene. Era accorsa la mamma del bambino, Gloria costernata s'era profusa in scuse. Marcos aveva seguito tutta la scena tenendosi in disparte, in piedi, dietro una panchina; con il giubbotto di pelle scura e il viso non sbarbato sembrava un motociclista in una sosta di viaggio. Timido perché rispettoso: la vita di Gloria come madre non lo riguardava, e la giusta distanza che aveva mantenuto quel giorno sarebbe rimasta la stessa, sempre. In quel primo incontro avevo sentito la sua forza di carattere; forse una certa chiusura verso gli altri, un'introversione, ma nei confronti della mamma un sentimento vero, profondo, di autentica dedizione. Nel giardino pubblico ci eravamo trattenuti ancora. Con Nina infine placata avevamo preso a lanciarci giù da uno scivolo, un catafalco rosso e arrugginito sul limite dell'area giochi. Gridolini di eccitata paura nel tuffo nel vuoto glissando sulla lastra metallica, a gambe tese, pronte a rimbalzare sul linoleum ruvido e di lì correre indietro per di nuovo ricominciare tutto. Poi l'altalena: da dove Nina era caduta, sbucciandosi un ginocchio, e le sue grida acutissime avevano fatto temere si trattasse di una ferita grave. Non lo era, ma sanguinava, e la mamma voleva correre in cerca di qualcosa per disinfettarla. Allora avevo visto Marcos, incurante degli sguardi di Nina truci tra i singhiozzi, trattenere Gloria stringendole un braccio, carezzarla teneramente sulla guancia, sussurrarle qualche incomprensibile parola in spagnolo. Le stava dicendo che in farmacia sarebbe andato lui, per ritornare al più presto, lei poteva aspettarlo con noi bambine, pensare a calmare Nina e non avere paura. Quanta gratitudine avevo visto luccicare negli occhi della mamma: proprio si affidava a quell'uomo, obbediva al suo richiamo. La corrente d'amore che passava tra di loro, in quel primo incontro mi era stata così chiara.

Lei aveva lasciato Genzano, la casa, noi, qualche settimana più tardi. Avrei potuto supporlo, quel giorno ai giardini, che sarebbe stato Marcos a darle la forza di andar via. Perché Marcos per la mamma è stato un porto, da allora in avanti. La sua radice in forma di nuove ali. Rientrare, attraccare. Tornare. Poco tempo dopo la sua fuga da casa, Gloria è partita con lui per un viaggio in Argentina di sei mesi.

Per decisione di nostro padre non avevamo partecipato ai funerali della nonna. La mattina delle esequie Nina e io l'avevamo trascorsa in casa, affidate a una ragazza di Genzano. «Non stava bene», eppure quel giorno scalpitavamo dalla voglia di giocare. La ragazza lo aveva capito, era stata brava a farci divertire senza tralasciare la gravità del momento. Più tardi, noi in terra concentrate a disegnare su dei fogli fissati sul tappeto con lo scotch «ma voi, bambine» ci aveva detto trovandoci chiuse, taciturne, eccessivamente timide, «dovete poter fare quello che vi pare. Siete *libere*». Era molto giovane, poco più di una ragazzina: di noi, dello smarrimento per quella perdita improvvisa, dello sconquasso che la nostra vita già era e più ancora si apprestava a diventare certo sapeva poco, e quasi nulla era in grado di capire. Lo stesso era riuscita nel suo intento: infonderci autostima, mostrarci una strada di autonomia. Corazzarsi: di quello si trattava, eravamo ancora piccole ma già dovevamo impararlo. La nostra condizione anomala, portarla come si fa con una strana caratteristica fisica, con la stessa orgogliosa imperturbabilità.

Avevamo incontrato quel giorno i parenti di Seba venuti per il funerale di Imma, cugini di primo e secondo grado. Uno, arrivato da Milano, curvo, fragile, molto vecchio e sentitamente addolorato. Gli altri originari della campagna ferrarese, dove abitavano in case contigue ricavate dallo smembramento di quella che era stata una grande proprietà colonica. Imma era la loro parente più facoltosa, la sola di loro che avesse fatto un buon matrimonio (militare di carriera Michele Cavallari, nostro nonno). Ora quei cugini bivaccavano nel nostro salotto, a disagio e intimiditi ma lo stesso invadenti, rivolgendosi a Seba con un tono di falso sussiego che aveva trovato in risposta solo l'impaccio di papà. «Che vogliono? Perché non ci lasciano in pace?» Nina aveva chiesto in un sibilo di rabbia (un'imprecazione la sua, più che una domanda) mentre insieme andavamo al bagno. Io per tenerla calma le avevo afferrato la mano, senza lasciare la presa nemmeno mentre lei faceva pipì. Fragili, troppo esposte noi. I parenti si erano trattenuti ancora il tempo di un caffè, poi andandosene via dopo essersi accommiatati con sorrisi distratti indirizzati a noi, per papà occhiate sbieche che esprimevano pietà nei riguardi del Seba figlio di Imma, sconcerto e disapprovazione per il Seba marito e padre – ma come si faceva, a lasciar partire così la madre delle proprie bambine?

Era tornata la stessa babysitter a passare da noi i pomeriggi e le notti. Papà si tratteneva in casa solamente di sera, quasi mai nei fine settimana perché impegnatissimo con il lavoro. Come non ci fosse più nessuno; noi sole, sperse in un vuoto sconosciuto e troppo vasto. Che altro poteva succedere ancora?

Provate da un eccesso di avvenimenti io e Nina vivevamo in uno stato di continua allerta. L'asma mi assediava, la fronteggiavo a fatica sventandone possibili crisi. Snervate come eravamo, litigavamo spessissimo. Quando era più esasperata, Nina si metteva a inveire. «Perché è tutto così assurdo per noi due?», chiedeva rivolta a me, ma come per ogni altra forma di autocommiserazione sapevo che la domanda era rivolta piuttosto ai nostri genitori. «Lo abbiamo chiesto noi di stare così sole, non trovarci tutti insieme la sera per cena, non avere i pranzi la domenica o le vacanze d'estate in famiglia, come tutti gli altri ? eh, dimmi? perfavore Maddi, davvero, dimmelo tu, perché io non lo capisco». E dalla rabbia e lo sconforto si torceva le mani, digrignava i denti, piangeva subito poi tirando via le lacrime con bruschi gesti delle mani. Una sera, ancora a Genzano, eravamo sole nel salotto, la nonna era morta da poco, nemmeno un mese. Nella casa un silenzio fondo, spesso, che rimbombava in ogni stanza. Nina si era incupita già da un po', ora senza ragione apparente aveva incominciato a piangere, e singhiozzando aveva preso a strappare le tende, tende di organza di seta viola cucite da Imma, a lacerarle con le unghie dopo averle strattonate in giù, il tessuto che sfilacciandosi aveva perso l'aggancio che lo teneva all'asta, cadendo in terra in mucchi di flaccida stoffa viola per sempre rovinata. «Nina, che fai, sei matta...» Difficilissimo lasciarla sola in quello stato, andare al piano di sopra a cercare la babysitter. «Se puoi venire di sotto per favore, mia sorella ha una crisi...»

Pagavamo, noi due sole, un prezzo troppo alto.

«Guarda che è successo Maddi, e in così poco tempo...» mi aveva anche detto Nina un mattino mentre ci preparavamo per la scuola. Lo sguardo sollevato dalle scarpe che si stava allacciando, mi aveva puntato addosso quei suoi occhi verdi implacabili, un monito severo a darle retta, lasciare il resto, qualsiasi altra occupazione, per seguire lei e i suoi ragionamenti.

«Successo cosa?» Simulare ingenuità per me equivaleva a mantenere pacatezza.

«Fino al giorno che mamma non è partita eravamo una famiglia, e adesso…»

«Adesso…?»

«Adesso siamo orfane senza esserlo».

Diceva bene, era proprio così. Tutto della nostra situazione possedeva qualcosa di eccessivo, fuori misura. Da quando Gloria se n'era andata ci trascinavamo in un deserto, quella era la verità, smarrite in una terra arsa senza nessuna forma di conforto, assetate, unica riserva d'acqua la nostra alleanza.

«Per me, te lo dico, sarebbe molto meglio se vivessimo da sole» mi aveva confidato un altro giorno mentre tornavamo da scuola, lungo un tratto di strada vietato alle macchine che ci permetteva di non camminare in fila indiana. Era annunciata pioggia forte, avanzavamo con ai piedi calosce colorate che flettendosi a ogni nostro passo producevano buffi squittii. La sera prima la babysitter ci aveva fatto una scena perché non sapevamo bene spazzolarci i capelli da sole, «io glielo dico al signor Seba, che se continuate così non torno più, e vediamo come si saprà organizzare questa volta» l'avevamo sentita minacciare con una rabbia tranquilla, crudele. Eravamo andate a dormire senza scambiarci la buonanotte, ognuna con il suo cuore stretto a pugno che pulsava dentro, ognuna con il carico della sua apprensione.

«Siamo piccole ancora, d'accordo Maddi, lo so; ma

guarda che badare a noi stesse è semplice da imparare. E andrebbe tutto meglio, ne sono sicura: la vita sarebbe più bella e più facile, più *nostra*».

«Papà comunque si sforza di esserci, questo gli va riconosciuto Nina, dài...»

«Esserci è questo per te? Sarebbe così, una presenza?»

Dialoghi assurdi, sproporzionati, quelli anche fuori misura. Stava a noi non piangere, non compiangerci, non darla vinta al dispiacere. Parlavo a me stessa e le medesime cose ripetevo a Nina. Ero la sorella/fortezza, quella cui spettava ammantare di normalità l'anormale. Ma in verità io anche annaspavo, forse anche più di lei.

Nell'esiguo spazio tra il letto e il muro le nostre voci si rincorrevano ogni sera.

«Chi lo decide il nostro ritmo, Maddi?»

«Lo decidono i *grandi*».

«I *grandi*...? Non ci sono più grandi, qui».

«Papà cos'è, Nina?»

«Papà? Un esagitato. Niente di più, niente di grande... E un'altra cosa: perché mamma da quando è partita per il suo viaggio non ha ancora chiamato nemmeno una volta?»

«Forse da lì dove si trova è difficile telefonare... e comunque chiamerà, Nina, vedrai. Mamma è così: sembra di no, ma c'è sempre. Adesso dormiamo dài. Buonanotte».

«'notte Maddi, fai bei sogni. Meno male che ci sei. Sei tu la grande: l'unica grande».

Avessi seguito il mio impulso sarei scesa nel letto di sotto a sdraiarmi accanto a Nina; ci saremmo addormentate insieme, sassi cullati dallo stesso incerto sciabordare d'acqua. Invece restavo immobile, rannicchiata sotto la coperta, voltata verso il muro a parlare con la fotografia della mamma e noi sul lago. Una fortezza non si sposta; allineata, immobile, solo così sarei stata in grado di sostenere sia Nina che me stessa.

Come luogo per il suo annuncio Seba aveva scelto Giolitti, il caffè romano famoso in tutto il mondo per il gelato. Dal lungotevere dove aveva parcheggiato la macchina, sino al Pantheon e poi a Montecitorio, avevamo camminato vicini, Nina e io tenute per mano da lui che stava nel mezzo. In silenzio, noi immusonite e contrariate come sempre più spesso succedeva negli ultimi tempi – da quando tutto non era che mutamento, succedersi di babysitter, passaggi di mazzi di chiavi e di thermos con dentro pranzi e merende, programmazioni di orari, spostamenti di date, nuovi assetti quotidiani ricalibrati di continuo. Scontrose ma anche contente, quella domenica pomeriggio: se ci conduceva così, Seba, il passo spedito, la presa salda e calda delle mani, c'era da aspettarsi qualcosa di buono.

Nella grande sala del caffè – affollata, in quel pomeriggio d'inverno – avevamo ordinato io una cioccolata calda con la panna, Nina una coppa gelato misto frutta. Zuccheri a prevenire l'amaro che contro ogni nostra attesa ci si sarebbe riversato addosso di lì a poco. Papà ci aveva parlato a bassa voce, intorno c'era molto rumore e faticavamo a seguirlo, costrette ad avvicinare le sedie al tavolino così da osservare il movimento delle sue labbra e capire cosa stesse dicendo. Solenne, serio, si era rivolto a noi come fossimo già ragazze, già cresciute. Io la mia cioccolata l'avevo trangugiata bollente, scottandomi la lingua; Nina invece lappava piano il suo gelato, lo vedevo colar giù lungo le scanalature della coppa di vetro formando un lago variopinto sul tovagliolo. Ostentava la sua flemma con testarda civetteria, però io sapevo – è mia sorella, lo sapevo – che se faceva tutto così piano era per ansia, l'ansia trasmessa dalle parole di papà teso a voler spiegarci come stessero le cose. La nonna ci aveva lasciato un'eredità, aveva detto, subito poi informandosi se sapessimo cosa voleva dire. No, non lo sapevamo, «o almeno, non esattamente» avevo puntualizzato io, atteggiandomi a grande. «Vuol dire che una somma di denaro è destinata a voi due, a voi e a nessun altro; e poiché siete ancora piccole, e la decisione di come utilizzare questi soldi spetta a me, che sono suo figlio e il vostro papà...»

«...Dunque?» lo aveva incalzato Nina, allarmatissima dietro l'aria spavalda.

«Dunque i soldi» Seba aveva aggiunto dopo un lungo sorso al gin tonic portato con le nostre ordinazioni, «serviranno a comprare una casa a Roma. Una casa per voi. Conto che rimarrà altro denaro, e con quello assumerò qualcuno».

«Qualcuno... chi?» era stata ancora Nina a chiedere, sempre più disorientata.

«Una persona, non ci ho ragionato ancora... Ma sarà qualcuno di fantastico, ve lo garantisco bambine».

«In che senso, 'qualcuno di fantastico'?» mia sorella aveva insistito a domandare, mentre io con fare materno sfregando il tovagliolo le tiravo via gli sbaffi di gelato dalle guance.

«Una ragazza giovane, simpatica, che sappia stare con voi in maniera divertente».

«Che sia buona, divertente»: pareva di riascoltare la canzoncina di *Mary Poppins* – io e Nina avevamo rivisto il film da poco, non sapevo se per la quinta o sesta volta.

«Non capisco: perché dovrebbe venire una persona fissa a stare con noi, non possono continuare le babysitter?» Con i suoi modi schietti, certe volte sembrava Nina la primogenita, non io.

Accavallavo le gambe, le scavallavo, con il cucchiaino intanto raccogliendo dalla tazza il poco che restava della mia cioccolata calda. La sala di Giolitti si era un poco svuotata ma lo stesso il rumore intorno restava assordante. Una fitta intercostale mi aveva fatto temere un attacco d'asma, che invece per fortuna poi mi aveva risparmiato. Me ne stavo lì, un po' inebetita a guardare Seba ravviarsi i pochi capelli e seguire un suo tic che quando – come in quel momento – è nervoso, gli fa pulsare una vena sulla tempia destra. «... Io presto dovrò andarmene per lavoro, bambine. Tornerò tutti i fine settimana, questo è sicuro; però ecco, bisogna che lo sappiate, per un po' di tempo dal lunedì al venerdì sarò a Milano».

«Un po' di tempo... quanto papà, scusa?»

Avevo preso io la parola questa volta, ricacciando indietro il retrogusto acido della cioccolata e sforzandomi di tenere sotto controllo sia l'ansimare del respiro che quel battito affrettato del cuore che mi allarmava.

Un silenzio prolungato. Seba si era soffiato il naso, si era guardato intorno, aveva preso tempo, dopo avere inclinato il bicchiere per raccoglierle s'era scolato le ultime gocce del suo drink. «Un po', Maddalena: tre, quattro, forse sei mesi... magari anche qualcosa di più, prevedere con esattezza è difficile».

La verità. La verità azzittisce. Al momento di lasciare la sala gli avventori del caffè Giolitti erano di nuovo molti: italiani ma anche stranieri, a frotte, in paziente attesa del loro turno per ordinare il gelato. Molte famiglie – famiglie vere, non come la nostra. La domenica pomeriggio delle famiglie felici.

Erano i giorni più corti e più bui dell'anno, nemmeno le cinque del pomeriggio e fuori era già tutto scuro; e non pensavamo più a fare domande, nessuna delle due, un nodo di pianto serrava la gola ed ero dovuta stare attentissima per controllarmi, non esplodere.

«E mamma?» aveva chiesto Nina quando ancora eravamo nella sala sul punto di infilare i cappotti, mentre Seba pagava il conto lasciando al cameriere sbalordito una mancia di 20.000 lire.

«Gloria tornerà presto dal suo viaggio e verrà a trovarvi anche lei... manca poco bambine, un po' di pazienza e le cose ritroveranno un loro ritmo, vedrete...»

Verrà a trovarci. Cosa vuol dire, «verrà a trovarci»? Tutto strano; anomalo eppure chiaro come il sole. Avremmo avuto una nostra casa, un luogo per noi senza i nostri genitori. Saremmo state maggiorenni con diversi anni di anticipo. Allevate da una governante assunta per salvare le apparenze, ma di fatto abbandonate. Orfane senza esserlo.

Chiaro come il sole; di sole però nemmeno un raggio. Buio d'inverno, invece. Il tragitto per tornare alla macchina era lo stesso dell'andata, opposto lo stato d'animo con cui lo avevamo ripercorso. Nessuna aspettativa, nessun orizzonte felice da figurarsi nella mente. Nina non parlava, teneva la mano di papà e si lasciava condurre da lui senza mai incrociare il mio sguardo. Io attenta a non inciampare fissavo in terra i sampietrini, la lana della calzamaglia mi pungeva le gambe, anche il freddo sulla faccia graffiava nonostante il riparo della sciarpa. Avrei voluto la mia mamma, lei soltanto; sentirmi dire le stesse cose, annunciare magari le stesse novità ma da Gloria, dal tono melodioso della sua voce, come nessun altro capace di rassicurarmi. «Di te soltanto mi fido, mamma» le stavo dicendo nel pensiero; e in silenzio avevo continuato a farle mentalmente quella dichiarazione nel viaggio in macchina fino a Genzano. Si era messo a piovere forte, i tergicristalli oscillavano velocissimi schizzando piccoli rovesci d'acqua sugli specchietti retrovisori. Papà aveva acceso la radio, il silenzio nell'abitacolo doveva risultargli insostenibile, lui anche come noi molto provato da quel lungo pomeriggio. Nessun commento dal sedile posteriore. Eravamo esauste, svuotate di parole e di reazioni.

Tornerò da Giolitti, se andrò a Roma. È un posto cui sono affezionata perché lì ho dei ricordi: non solo del difficile momento insieme a nostro padre, anche ricordi in quello stesso caffè con Gloria, con Mylène. Una volta da Giolitti siamo andate anche Nina e io da sole. Stavo per partire per Parigi e volevamo brindare; felici di trovarci lì insieme, le luci fioche e l'aria antica della sala non erano riuscite a immalinconirci. «Buon viaggio sorellina» mi aveva detto Nina occhi negli occhi, i suoi che scintillavano verdissimi. Avevo annuito pensierosa; il punto era se ce l'avremmo fatta a stare lontane – aleggiava quel dubbio, sul nostro brindisi.

Sarò di nuovo a Roma e i luoghi saranno diversi da come li ricordo, più banali, spogli, meno evocativi di come campeggiano nella memoria. Posti come infiniti altri ce ne sono nel mondo, vuoti di echi adesso; eppure pensarli mi conforta e mi emoziona. Poter tornare e lì sostare, in ascolto del battito del tempo.

Papà non aveva mai perdonato a Gloria la sua fuga: né allora, né dopo. Mai ci fu assoluzione per come s'era innamorata di un altro, e innamorata con l'intensità con cui si ama una terra, più ancora che una persona. Una terra che è la terra delle origini: questo Marcos dal primo momento è stato per Gloria. Eco di un richiamo, voce di un paese cui si sente di appartenere e si ama prima ancora di conoscerlo meglio. In nome di un amore così andare via, lasciare due figlie ancora piccole, il loro papà, l'uomo col quale si trattava in teoria di costruire la vita. Lasciare tutto su due piedi.

Un affronto di quella portata Seba non poteva subirlo, men che meno giustificarlo: ne andava della sua dignità di uomo e di persona. Si sarebbe potuto creare l'assetto che è di tante coppie separate – noi vivere con nostra madre, vedendo lui nei fine settimana. Seba invece ragionò diversamente, maturando una decisione che molto aveva della vendetta: impedì a Gloria una reale vicinanza a noi, e intanto si sottrasse alla responsabilità di prendere lui in carico il nostro accudimento quotidiano. Quel che papà sceglieva così era privarci della prima base essenziale – la vicinanza della mamma – non mettendoci a disposizione il suo sostegno di padre.

Gloria da parte sua non aveva combattuto nessuna guerra. Aveva lasciato fare. Nonostante le decisioni del giudice tutelare definissero una condizione molto iniqua, lei l'aveva accettata. Come aveva potuto? Come può una madre permettere che la vita delle sue figlie si svolga lontano, in sua assenza?

«Una madre come fa? non può...» Nina ogni tanto si metteva a dirlo e ripeterlo come una nenia, una litania, un lamento. Io la lasciavo sfogare. Diversamente da mia sorella, al mio smarrimento non volevo o non riuscivo a dare spazio. Una madre come può: nel fondo lo pensavo anch'io, certo. Ma quello era successo, le cose così erano andate. E la verità era che ai nostri genitori quella configurazione famigliare tanto anomala – una «casa delle bambine», solo nostra, senza loro – risultava non soltanto tollerabile, di più: l'unica possibile.

Ce ne convincemmo anche noi all'arrivo di Mylène: per quanto assurdo, il nuovo assetto ci avrebbe tutelato, la presenza di quella donna in casa nostra avrebbe garantito una normalità altrimenti impossibile. Sarebbe stata quella nuova vita il nostro equilibrio, lo pensammo presto. Misura, sopravvivenza, là dove il resto era crollato, andato in pezzi – qualcosa di rotto che riparare non si sarebbe potuto più.

Figlia di immigrati, squattrinata, senza un vero lavoro: a Gloria nei primi tempi dopo l'abbandono del tetto coniugale non venne risparmiata nessuna conseguenza del suo status. «La madre delle mie figlie? Una donna psicologicamente instabile» aveva dichiarato Seba al giudice tutelare additando la mamma come sola responsabile di quello sfacelo famigliare. Lei avventata, infantile, «non in grado di occuparsi delle bambine, mi creda signor giudice, non esagero».

Il primo argomento per definire le rispettive responsabilità nella custodia di noi figlie fu la differenza di condizione economica tra i nostri genitori. Non le loro rispettive strutture psicologiche, non il grado di maturità e per ognuno la capacità di amare, accudirci, prendersi cura di noi. No, contava un dato molto più reale: l'entità dei rispettivi conti in banca. Seba Cavallari era un libero professionista presumibilmente spiantato, però erede di un patrimonio di famiglia ragguardevole. Cumulando alle proprietà immobiliari i risparmi dei genitori deceduti – le economie e il denaro investito di Imma, ex funzionaria ministeriale, e quelle del marito Michele, militare di carriera morto dieci anni prima –, il patrimonio di papà superava i 2 miliardi di lire. Una somma a fronte della quale la fragilità della sua posizione professionale passava del tutto in secondo piano. Quanto alla donna, Gloria Recabo, non possedeva praticamente nulla. Il giudice tutelare rinvenne a nome della mamma un conto corrente aperto al tempo della mia nascita e chiuso un anno dopo, e un altro con sopra versati un milione e mezzo. Nient'altro. Poco da aggiungere: nostra madre ci aveva piantate in asso un qualsiasi mattino, dopo il saluto sulla porta della scuola. Un abbandono del tetto coniugale che pesava come un macigno. Era ben più che una prova inconfutabile. Se a occuparsi di noi fosse stata lei, Gloria, cosa escludeva che non sarebbe andata via di nuovo? La credibilità di una donna che si era comportata come aveva fatto lei, chi poteva garantirla? La soluzione prospettata da papà – una casa autonoma, nostra, una persona per seguirci a tempo pieno – sembrò anche al giudice tutelare la più adatta, e quella, dopo poco che Gloria era tornata dal suo viaggio, impose.

«Ciao Maddalena, ciao Nina. Oggi sono qui con voi perché mi piacerebbe conoscervi, passare un po' di tempo insieme, stamattina e magari un'altra volta nei prossimi tempi. Sarò molto contento se mi aiuterete a capire come siete, cosa fate, quali sono i vostri giochi preferiti; conoscere un po' voi e le cose che amate, insomma».

Piuttosto simpatico, il giudice tutelare; era un uomo piccolo con una barbetta tagliata corta, sorriso teso, palato troppo stretto. Persuasivo, abile a intrattenerci – bambini di certo ne vedeva di continuo considerato come ci seppe fare, con Nina specialmente. Parlava con un marcato accento lombardo, una sorta di miagolìo, sonorità strascicate, buffe da ascoltare. Era il primo adulto che ci dedicasse una vera attenzione dopo molto tempo; dovere esibirci, mostrargli la nostra vita solita, le abitudini, ci aveva divertito. Abitavamo ancora nella casa di Genzano, avevamo scorrazzato allegre su e giù tra il pianterreno e le stanze di sopra. Io gli avevo mostrato la mia collezione di bambole, Nina aveva sfoggiato in successione i suoi travestimenti, più che mai vanitosa aveva messo in scena uno dei suoi teatrini con i quali era sempre bravissima a incantare gli adulti. Con mormorii di approvazione e applausi a ogni esibizionismo di mia sorella, il giudice aveva conquistato la sua fiducia; nel mentre però – mi ero accorta – la studiava, prendendo appunti su un quadernetto come già aveva fatto con me quando gli avevo mostrato i miei giochi. Nina era davvero su di giri, faceva continue smorfie, riverenze, capriole, aveva cantato *Sapore di sale* e *Buonanotte fiorellino*, le canzoni insegnateci dall'ultima babysitter e che sapevamo a memoria, parola per parola, affamate come eravamo di emozioni, scosse forti abbastanza da riempire i vuoti, sostituirsi alle mancanze. «Il tempo è dei giorni / che passano piiiigri». Osservavo Nina gettare indietro la testa, far oscillare i capelli sulla schiena come in televisione avevamo visto fare a certe attrici. L'avevo vista ridere, schermirsi, trafiggere il giudice con il suo sguardo ammaliatore. Nina, bambina ma già molto altro.

La settimana successiva il giudice tutelare era venuto nella nostra scuola; ero stata io insieme a una bidella a condurlo nell'ufficio della direttrice e a fare le presentazioni. Quel ruolo di responsabilità mi gratificava, mi ero sentita grande, importante, per quello contenta.

Gloria era tornata dall'Argentina in quello stesso periodo. Il giudice tutelare convocò lei e Seba per comunicare loro le regole della gestione famigliare. Dunque rivedemmo la mamma fuori, all'aperto. L'incontro era fissato per la domenica mattina, in quello stesso giardinetto di Genzano dove Gloria ci portava quando eravamo molto piccole, lì dove tanto lei si doveva essere annoiata e sentita sola. Il giardino: un fazzoletto di prato d'erba rasa all'ingresso del paese, a pochi metri dal bivio per Grottaferrata. Cespugli, qualche siepe, unico gioco un'altalena. Gloria ci aspettava sulla medesima panchina da dove aveva combattuto la noia, dondolando stancamente il nostro passeggino. Sopra a una gonna pantalone nera e una maglietta bianco avorio portava uno spolverino verde acceso, di una viscosa morbida. Gli occhiali da sole le schermavano lo sguardo, non lasciando trapelare quanto fosse emozionata; lo stesso noi lo sapevamo, non ci eravamo sorprese nessuna delle due di vederla ridere e piangere mentre ci veniva incontro, e nell'abbraccio sentire che quasi ci stritolava per quanto ci teneva strette a sé. «Bambine, tesori miei». «Mamma, mammina, allora è vero che sei tornata, proprio tornata!» Mani, carezze: tutto risuonava forte, vibrava. Il sole era caldo quando riusciva a fare capolino tra spumose nuvole bianche; l'inverno stava per finire e a dirlo c'erano giornate come quella, di aria già primaverile. Strette insieme tutte e tre, lì a coprirci di baci, «è mamma, mamma, è proprio lei, è tornata!!!» noi a mormorare rivolte l'una all'altra, incredule, emozionatissime. Poi Nina quasi ricordandosi di soprassalto di come stavano le cose e della lunghissima assenza della mamma s'era incupita, calandosi in un silenzio scontroso che dopo la felicità del primo momento aveva reso più difficile tutto. Arrivato il momento di salutarci il commiato non ci era pesato, non più di tanto. Per quella sola prima volta, nessuno strappo nel vedere Gloria già dall'altra parte della strada farci cenni per simulare allegria, trincerato dietro lo scudo degli occhiali da sole il dispiacere di doverci lasciare che invece la attanagliava. Dopo sarebbe stato diverso, ogni congedo un dolore, ogni distacco una dose di abbandono in più. Allora ancora no. Allora solo festeggiavamo la fine dell'assenza.

«Ti ricordi mamma com'era cambiata?» mi ha chiesto Nina un pomeriggio che passeggiavamo per Tribeca noi due sole. Pierre era atteso a New York in missione diplomatica per un forum delle Nazioni Unite, io all'ultimo momento avevo deciso di accompagnarlo. Albergo prenotato a Downtown per poter essere vicini a Brooklyn e a Nina: vivere la città insieme a lei mi piace sempre – ci troviamo la mattina presto e ce ne andiamo in giro per Manhattan, leggère, un block dopo l'altro. Camminare tanto, sino a non sentire più i piedi, a sera crollare sfinita ma felice e riconoscente all'energia della strada, quella scarica di adrenalina che freme a New York più che in ogni altro luogo del mondo dove sia stata.

«Proprio splendeva, al primo appuntamento in quel giardino a Genzano. Mi pare di rivederla come fosse ora; così fiera, una leonessa...» La luce che aveva la mamma al ritorno dal suo viaggio: pensavo si trattasse di una memoria indelebile per me sola, invece quel ritrovamento con Gloria nemmeno Nina l'ha dimenticato, lei che della nostra infanzia dice di non ricordare quasi niente. Siamo sedute dentro al Central Park, dal lato del Lincoln Center, in un locale grande e affollato, due thè al cardamomo per riprendere le forze e camminare di nuovo, macinare altri chilometri. «Una leonessa sì, che vigile, regale, riafferma i suoi diritti: questo sembrava».

«Questo *era*, Nina» la correggo.

Potevano separarci, e Seba impedirci di abitare con la mamma; non importava, la corrente che passava tra noi tre, lei e noi, era un flusso inarrestabile, una verità più vera di tutte le altre, ne avevamo avuto conferma a quel primo rincontro a Genzano. E Gloria all'epoca di quel ritorno era radiosa: proprio in quei giorni aveva ricominciato a lavorare, un nuovo impiego prestigioso e che pareva fatto a pennello per lei. Sapeva che a garantire la nostra sussistenza d'ora in poi non sarebbe stato solo Seba, anche lei: e questa certezza la trasformava, liberandola dall'ingiustizia di cui si era sentita vittima sino a quel momento. In regalo dall'Argentina (da Mar del Plata) aveva portato a ognuna una bottiglietta di vetro blu, al cui interno, perfettamente montato c'era un veliero, le chiglie bombate, il pozzetto, ogni dettaglio un incastro minuzioso di doghe minuscole – le vele, issate con degli stuzzicadenti, erano di garza. Un piccolo dono favoloso, tornata a casa ero rimasta a lungo a contemplare la mia bottiglia fantasticando di fughe e lunghe navigazioni insieme alla mamma e a Nina.

Le mie preghiere guardando fisso la fotografia di noi tre sul lago erano state ascoltate: la mamma era tornata. Potevamo trascorrere del tempo con lei, una domenica su due. Poche ore, mai abbastanza: però Gloria c'era, non in casa con noi, ma di nuovo era presente. Nostra madre.

Due volte al mese, sempre di domenica. Dopo che ci eravamo trasferite a Roma l'appuntamento era all'ingresso di Villa Pamphili se faceva bel tempo, d'inverno o se pioveva in un ristorante di Monteverde Vecchio. Sempre trovavamo la mamma già lì, arrivata in anticipo, ad aspettarci. Sfoggiava mise ogni volta diverse, qualcuna la ricordo – giubbotto nero di pelle su un tubino giallo senape molto fasciato e sexy, un tailleur giacca e pantalone mezza gamba di crêpe di seta verde prato, una gonna svasata multicolore portata sotto a un body elastico, il vitino di vespa che la faceva una ragazzina.

«Io lo so che abbiamo una mamma bellissima, ma tu Maddi, lo hai capito?» diceva estasiata Nina. Io annuivo senza parlare. Gloria guardava altrove, sorrideva di sbieco, lusingata e felice ma senza volerlo mostrare. Noi orgogliose di quella mamma incantevole, lei raggiante per la nostra ammirazione. Due ore, tre ore. Ogni tanto – eccezioni accordate dal giudice e stabilite in anticipo, volta per volta – interi pomeriggi. E tutto brillava, in quei momenti strappati. Tutto si ricomponeva, e brillava.

Parte seconda

LE ADDIZIONI

Leyla è la sola persona, dopo Pierre, alla quale abbia raccontato la storia mia e di Nina. Di infanzie strappate, vicende di bambini cresciuti lontani dai loro genitori, la cultura di Leyla è piena. Ex colonie, le Antille conoscono migrazioni ininterrotte, verso la Francia soprattutto. Partenze che veri espatri non sono, spartendo però con gli espatri il dolore dei commiati, quel difficile intrico di nostalgie e distanze di cui si compone ogni vita che pretenda di ricominciare altrove. Per Leyla insomma niente di così inaudito nella vicenda di me e Nina bambine; lo stesso però al termine della mia confessione mi sono accorta di averla turbata.

«Che storia. Lo sentivo un buco, dietro la tua aria mansueta e disciplinata. Adesso capisco perché». Siamo sedute in un caffè a Jaurès; dalle vetrate, oltre gli alberi si intravede il Bassin de la Villette, persone sedute vicino alla fontana data la giornata mite. «Povera Madeleine» Leyla commenta ancora, nella voce una nota di compassione. «Madeleine»: a Parigi francesizzano il mio nome pronunciandolo per esteso, l'uso del diminutivo avrebbe sottointesa troppa intimità – e meglio così, penso ogni volta: «Madì» suonerebbe talmente ridicolo.

«Povera Madeleine, davvero. Quanto vuoto dovete aver sentito tu e tua sorella».

Sì, ma un vuoto pieno, vorrei dirle e non le dico. Amore ne abbiamo ricevuto Nina e io, ne siamo state circondate anche nell'anomalia, nonostante l'assurda situazione di crescere avendo i genitori vivi ma lontani. Che Leyla si senta in dovere di compiangermi mi infastidisce ma posso capirlo – quasi sembra una necessità per lei, ripetermi quel «povera», e io lascio fare, è un'amica sincera, l'unica vera che abbia a Parigi, non c'è tempo di soffermarsi su sfumature.

Nonostante tutto, due bambine circondate di attenzioni, mia sorella e io. Se così è stato è stato grazie all'ordine, al quadro di una struttura: merito di Mylène, del suo arrivo. Tra i diversi curricula inviati in risposta all'annuncio di Seba, quello di Mylène spiccava. Perfettamente bilingue, era anche, curiosa coincidenza, coinquilina di una ragazza francese che viveva ad Albano ed era stata modella per un fashion book di papà. Due elementi che avevano giocato a suo favore: venne scelta prima ancora del colloquio.

Era venuta a conoscerci alla vigilia del trasloco verso Roma. Divertente osservare il suo sconcerto davanti allo spettacolo del salotto pieno di scatoloni accatastati ovunque, pile e pile; divertimento intimidito il nostro, però – eravamo in soggezione. Papà ci aveva comprato delle patatine Cipster, quando Nina le aveva allungato la confezione Mylène ne aveva preso giusto una per cortesia, si vedeva che non le interessavano. Non trovando dove sedersi era rimasta in piedi, a lato del pianoforte imballato nella carta millebolle, pronto per venir caricato sul camion l'indomani mattina insieme al resto.

Indossava una maglia dolcevita in lana merino bordeaux, pantaloni scuri di fustagno, ai piedi degli stivaletti grigio topo sporchi di fango sulle punte. Sobria, padrona di sé stessa. Naturale autorevolezza: c'era qualcosa di stabile in Mylène, di pacato, equilibrato, e noi lo sentimmo già a quel primo incontro. E poi – lo avremmo saputo di lì a poco – era una sportiva, e quindici anni di atletica leggera le avevano impresso una tonicità nel fisico e nella postura cui corrispondeva una forte lucidità mentale. Qualcuno che in nessuna occasione avremmo visto impigliarsi in eccessivi giri di pensieri. Poco seno, cosce un po' grosse ma forti, un corpo in cui si trovava perfettamente a suo agio. La frangia tagliata molto corta e il caschetto asimmetrico dei capelli la facevano somigliare a un'attrice del cinema muto. Sembrava giovanissima e in effetti non aveva nemmeno venticinque anni. Ci piacque subito, a tutte e due.

«Sapete suonare?» La domanda, ovvia data la presenza del pianoforte, ci era stata invece rivolta con vera curiosità; nessuna risposta da Nina, trincerata in uno di quei silenzi tipici di quando si sentiva impotente – aveva già intuito che le sue strategie seduttive consuete su quella nuova arrivata non avrebbero fatto presa. Parlai io, un po' esitante: «Mia sorella non ancora, a me capita di strimpellare qualcosa, ma due o tre brani, non di più».

«Ah, spero mi farai ascoltare! Il piano l'ho studiato anch'io, al Conservatorio di Nantes, la mia città. Otto anni, tondi tondi. Ho anche un diploma». «Tondi tondi»: lessico impeccabile, pronuncia perfetta – grazie a ripetute residenze estive all'Università per stranieri di Perugia,

Mylène ci aveva tenuto a raccontare, così come ci disse dello sport, la sua grande passione e che era diventata una forma di vita. Credeva molto nel valore dell'attività fisica, disse aggiungendo che sperava di poter presto condividere con noi quella «fantastica» pratica giornaliera. Anche l'amore per la lingua italiana era un entusiasmo di Mylène: parlava davvero bene e di quel suo traguardo andava orgogliosa, le erano brillati gli occhi a sentire me che le facevo i complimenti.

Di una così potevamo fidarci, avevo pensato.

«Questa ti piace, Maddi?»

Ultima conversazione di me e Nina su e giù tra i nostri due letti sovrapposti; ultimo momento nella camera condivisa, prima che ci trasferissimo a Roma dove ciascuna avrebbe avuto la sua stanza. Stipato ogni angolo, ovunque scatoloni e mobili imballati, da giorni cercavamo il sonno osservando le ombre che grazie alla luce accesa nel corridoio quei cubi proiettavano sul muro. Eravamo eccitate, emozionate, tristi. Era una notte speciale, elettrica e malinconica.

«Credo di sì… che mi piace, sì. Con quella frangetta. E poi sembra spiritosa, una persona allegra …»

«Pare una ragazza, poco più grande di noi».

«Ti sbagli Nina: guardala bene, ha le occhiaie di un adulto, e le rughe, non le hai notate? Quando sorride…»

«Non so, non saprei; non l'ho osservata così tanto. Quello che so è che sono stanca, Maddi: stufa marcia. Mi sento male alla sola idea di abituarmi a un'ennesima nuova persona. Ogni volta quei sorrisini, sempre la speranza che resti, ricominciare da capo, riprovare… e non se ne fa mai nulla».

Mylène venne assunta per vivere con noi. Le nostre

prime impressioni avevano trovato conferma: era energica, con una natura bendisposta e piuttosto serena che ci faceva da sprone e ci faceva sentire sostenute. A volte era rigida, quello sì: in casa esigeva ordine, trovandosi spesso a discutere con Nina, molto caotica nella gestione degli spazi. Sapeva essere duttile, benevola, sebbene ai nostri scontenti e alle nostre tristezze, quando arrivavano, non desse mai importanza, e la cosa ci frustrava. Con il passare del tempo pensammo che fosse un'aridità, quel non sapere accettare i momenti in cui eravamo più vulnerabili; ma all'inizio, dal rigore di Mylène ci eravamo sentite abbracciate, ci era parsa la migliore ricompensa a quel lungo tempo di transizione così difficile, cadenzato da troppe babysitter tutte inadeguate.

Cresciuta non a Nantes ma in una campagna vicina, Mylène conosceva i ritmi della natura, la giustezza che è del tempo e dello scorrere delle ore se li si sa assecondare. Da subito si dedicò a farci star bene, il meglio possibile. Voleva che il nostro stile di vita fosse sano, in tutto: cibo, ritmo quotidiano composto anche di un'attività fisica assidua. Dinamismo, efficienza, attenzione: dominio di sé. Salute pensata come concentrazione massima. E lo sport: mettersi alla prova, una forma di metodica cura in grado dal corpo di trasmettersi alla mente.

Mylène aveva anche altre qualità. Ogni volta che una di noi due le raccontava un proprio segreto non veniva tradita, mai che lei parlasse con una dell'altra mentre quella era assente, né di noi con altri. Riservatezza mantenuta con intelligenza: la stessa intelligenza con cui ci esortava a essere orgogliose del nostro assetto domestico, difficile perché «troppo anomalo», come aveva imparato a definirlo Nina. Eravamo state brave a crescere bene in quella situazione, c'era di che congratularsi con noi stesse, così ci diceva Mylène. Avevamo dato prova di carattere e di un coraggio di cui adesso dovevamo essere consapevoli, e fiere. «*Vous avez été très courageuses les filles; 'faut savoir le reconnaître, l'assumer*».

Novità che decollavano insieme. La casa di Roma, la nuova vita insieme a Mylène.

Un altro posto dove voglio tornare se vado a Roma è il terrapieno a Villa Pamphili, quel circuito dove andavamo ad allenarci con Mylène. «Accidenti, sembra che tu ci sappia proprio fare nella corsa!» già il primo giorno l'avevo sentita dire in quel suo italiano perfetto a mia sorella. Un anno più giovane, ma Nina correva molto più veloce. Qualche minuto, poche falcate decise delle gambe, e già s'era aggiudicata un vantaggio da quel momento per me irrecuperabile.

Le mie crisi di asma erano più rare adesso, e tuttavia il timore di nuovi «eventi respiratori», come avevo imparato a nominarli leggendo il referto pneumologico, non smetteva di assillarmi. Presto avevo rinunciato a correre, dedicandomi a un allenamento specifico pensato per me da Mylène, impegnativo, senza però momenti cardiotonici. Nina intanto si eclissava tra i pini, la coda di cavallo che ondeggiando le frustava la schiena. Le cosce erano tese nello slancio, e a osservare le gambe da vicino si vedeva sui polpacci qualche vena gonfia pulsare. Nina così agile e scattante; e più attraente di me, e più complicata, e speciale, queste cose pensavo, immaginando il suo avvenire simile ai suoi giri di corsa: inafferrabile perché dall'andatura troppo veloce. «*Your sister... she goes so fast!*» mi aveva detto Brian al nostro primo incontro a cena da noi a Parigi, nel poco tempo in cui ci eravamo trovati soli io e lui in cucina. E rideva, c'era una tale ammirazione divertita negli occhi di Brian O' Brien mentre lo diceva; e lì ho capito che quell'uomo amava mia sorella, la amava per davvero.

Sa essere fulminea, supersonica, è pazzesca Nina; a Cape Code, sulla spiaggia, Brian mi ha raccontato, aveva salvato un ragazzino che stava annegando. Quello si era allontanato, e data la forte corrente non riusciva a tornare a riva, dopo molte bracciate inutili era allo stremo delle forze. Nina si era accorta di lui, da lontano, mentre lei e Brian si riposavano all'ombra della tettoia di un bar; aveva subito dato l'allerta, poi era corsa in acqua. Lo aveva salvato lei, l'unica su tutta la spiaggia a essersi resa conto. Veloce, sì, ma la vita va più veloce. Traguardi e poi rovesci, improvvise felicità seguite da crisi: così immaginavo il futuro di mia sorella. E pensavo ai nostri nomi. Maddalena, sola donna con Maria a essere vicina a Cristo, avevo imparato a scuola. Maddalena, coraggio della dedizione; impavida, là dove di impavido in me avevo l'impressione non ci fosse niente, la temerarietà era di Nina. Nina: quanto più bello risuonava il suo nome. «*Ho visto Nina volare tra le corde dell'altalena/un giorno la prenderò come fa il vento alla schiena*». Poi avremmo ascoltato le parole di Fabrizio De André, il racconto di quella bambina e del suo volo misterioso. Intensità per me inaccessibili.

Nella casa di via di Villa Pamphili c'erano le stanze – ora separate – a raccontare i nostri caratteri. Nina al muro aveva appeso una gigantografia di Madonna in riva al mare con addosso un pagliaccetto di spugna tigrato («Metterei a posto le cose per tanti di quegli anni a firmare uno scatto come questo!» commentava regolarmente Seba). Sugli scaffali un disordine di vecchi giocattoli, libri, vestiti appallottolati, scatole con dentro nastri, scoubidou; sparpagliati negli angoli pennarelli, fogli sgualciti, mazzi di carte spaiate, videocassette, un tirassegno con freccette magnetiche, un numero spropositato di buste di vignette adesive. Il piccolo grande universo di una ragazzina abituata a impegnare il molto tempo che trascorre in casa.

La mia camera al contrario in un ordine specchiato: libri allineati, penne disposte in maniacale simmetria dentro bicchieri scalari di plastica colorata. Appeso al muro un unico poster, di un quadro impressionista. Renoir, la mia passione; un quadro intitolato *L'excursionniste*. È il ritratto di una giovane, in mano tiene una canna di bambù che usa come bastone da passeggio. Fissa un punto lontano all'orizzonte. Attenta, distaccata, inflessibile come avrei voluto essere io.

Sia Gloria che Seba, i nostri genitori, erano stati figli unici, non avevano conosciuto la vita insieme a fratelli o sorelle. Dell'intesa tra me e Nina sono stati spettatori, ammirati, certe volte invidiosi, altre infastiditi. Una più una: è diverso da una sola. Prima che un'alleanza, la nostra era ed è un'intesa telepatica, ora che viviamo in paesi diversi rafforzata da scambi quotidiani. Siamo molto brave a dirci tutto quello che dobbiamo in quello spazio esiguo e inconsistente che è la comunicazione tra due telefoni cellulari. Delle due, la più dipendente dai nostri dialoghi sembra Nina; ma non è così, piuttosto il contrario. Posso fingere con me stessa che mi snervi, la verità invece è che dialogare con mia sorella una volta al giorno (o più) è una salvezza. La sponda più sicura.

È successo che abbiamo parlato un'ora e mezzo, quasi due; camminavo, durante la telefonata da Place de Clichy sono arrivata sino a rue de la Montagne Sainte-Geneviève, nel quinto arrondissement: e Nina lì, sempre con me. Sono sola a Parigi; vivo isolata per tutto il giorno, dalla mattina sino a quando non ci ritroviamo con Pierre e i ragazzi ed è quasi sera. Nina lo sa, sa di essere lei con le sue telefonate e i suoi messaggi la mia finestra sul mondo. Venne a stare con noi qualche giorno, una volta. Era fine maggio o inizio giugno, Sam era all'ultimo anno delle elementari, in CM 2, io ero occupata dalla sua imminente iscrizione al *collège*. Era stata una zia fantastica Nina, in quell'occasione, aveva portato Vale e Sam al cinema, al bowling, al Parc Astérix. Con me affettuosa, di suo sempre dinamica – mi seguiva nelle marce mattutine, io con un pass omaggio avevo potuto invitarla in palestra, ma già lei da sola la mattina presto andava comunque a correre al Parc Monceau. Quell'unica volta una vera visita, non un viaggio lampo come gli altri suoi. Era stato allora che mia sorella aveva visto e capito il mio vuoto, questa gabbia dorata dentro cui devo continuamente darmi da fare ed essere vigile per non spezzarmi le ali. Lì aveva compreso quanto contava che una volta ripartita lei ci fosse, continuasse a esserci. Adesso, lontane, a dire la vicinanza ci sono le nostre parole digitate sugli schermi. «Chiedi, Maddi: tutto quello che vuoi, lo sai che non ho segreti per te» / «Nessuna domanda in particolare, Nina. Giusto sono un po' preoccupata...» / «Ti riferisci a Brian, lo so» (*faccetta di sorriso*). «Vorresti che restassimo insieme e l'idea che lo lasci ti atterrisce... ti conosco mascherina» (*molti emoticon mascherine*) / «Ma no, ti sbagli, cosa potrei volere? solo che tu sia felice» / «Parole così le dice una madre, Maddi! Fa' attenzione perpiacere» / «Lascia Brian, se lo ritieni giusto. Però mi dà allarme pensarti a New York sola, senza lui né più l'impegno della galleria. Dovrei tacerlo?» / «Parole da madre pure queste (*altra faccina sorridente*). E poi, mica detto che rimanga qui. Magari torno in Italia... (*bandierine italiane*). Sono stanca di New York sai, e anche di Brooklyn» /

«Davvero? questa è una novità...» / «Te lo ricordi no, in che momento ho deciso di venire qui? Stavo malissimo, e tu pure eri partita. Non ci fosse stata la meditazione, Sri (*icona di mani in preghiera*), chissà come sarei finita. Ma adesso è diverso. Sto bene ora, e a tornare a Roma ci penso, ci penso eccome». Le geografie sono scelte inamovibili per me, per Nina transiti provvisori, ipotesi pronte a sovvertirsi in altri approdi, nuove passeggere sicurezze. «Tua sorella crede sempre di essere la più importante per tutti» ha commentato una volta Pierre all'ennesima raffica di messaggi whatsapp (mai invadenti come quell'altra volta che eravamo sul punto di fare l'amore, e a causa delle chiamate compulsive di Nina avevo dovuto spegnere il telefono, senza più ritrovare la concentrazione giusta per il sesso). «Già, pensa di essere l'unica al mondo, la tua cara sorellina. Beata lei: sarà grazie a tanto narcisismo che nella sua incasinatissima vita riesce sempre a cavarsela». Soltanto nei riguardi di Nina, Pierre è tanto severo e apodittico nei giudizi. Dei nostri figli o di me mai parlerebbe con quei toni. Come dargli torto d'altra parte: Nina affatica. Sfianca. Una sera, avevamo finito di cenare e guardavamo tutti insieme *American beauty* sul canale Arte, ha dovuto tenermi impegnata al telefono più di mezz'ora perché in videochiamata con immagine fissa sull'interno della sua cabina armadio a Brooklyn pretendeva la aiutassi a scegliere il suo vestito. Andava a un'inaugurazione al Metropolitan cui lei e Brian erano stati invitati, non riusciva a decidere da sola come agghindarsi. Un'altra volta, perché un'amica del liceo da Roma era approdata a Brooklyn e stavano pranzando insieme, Nina a ogni costo ha voluto una conversazione a tre. Io stavo camminando sull'Avenue des Gobelins, ero andata al cinema e poi in esplorazione del quartiere, che conosco poco. Ha cominciato a piovere, l'ho detto a mia sorella ma lei non voleva saperne di chiudere la telefonata. E tutto è stato pazzescamente scomodo, parlavo e intanto mi bagnavo, cercavo di tenere il cellulare sotto il cappuccio della giacca a vento ma al Panthéon lo stesso sono arrivata fradicia, e una volta salita sull'autobus ancora lì che parlavamo, Nina mi passava l'amica, poi di nuovo voleva parlarmi lei, dove erano state, lo shopping dell'amica, dettagli idioti uno dopo l'altro. Chiacchiere qualsiasi a tenermi compagnia sotto la pioggia ma la sera scottavo, mi era venuta la febbre per quanta acqua e umidità avevo assorbito in corpo. Sfianca mia sorella, fagocita le vite altrui, sì; c'è poco da fare. Adesso però sono in allarme per lei. È una donna fatta ormai, davvero ci contavo che fosse maturata abbastanza da far durare la sua relazione di coppia, concedersi una protezione duratura e vera, non immaginaria. «Alle conseguenze, ci stai pensando?» Mando il testo whatsapp dal boulevard des Batignolles, è pomeriggio e sto per passare da casa a recuperare Sam e accompagnarlo dal dentista. «?????» Cinque punti interrogativi nella risposta di Nina che arriva quasi in tempo reale. «Che intendi dire, Maddi?» Che stai per tornare a complicarti la vita sorellina, questo sto cercando di comunicare. E non vorrei, con tutte le mie forze non vorrei.

Lunghi momenti passati a colorare; le ore più quiete insieme erano quelle trascorse riempiendo con i pennarelli spazi bianchi di figure – già prestampate, o disegnate da noi. Tempo denso: Mylène era poco più in là, la sentivamo trafficare in cucina, dinamica, esatta, quella sua presenza efficiente e che non pesava mai. Solo talvolta si immalinconiva, notavo i suoi modi tranquilli farsi più nervosi, lo sguardo diventare triste mentre riassettava, senza usare la lavapiatti sciacquando e lucidando pentole e stoviglie (era una delle sue fissazioni, risparmiare energia elettrica limitando al massimo l'utilizzo degli elettrodomestici). Immaginavo avesse nostalgia dei suoi genitori, della vita semplice e sana nella grande casa in campagna vicino a Nantes; ma si dominava, non diceva niente, e tuttavia nel tempo di quegli adombramenti la sua attenzione nei nostri confronti rallentava, e bastavano quegli istanti per farci sentire di nuovo sole. Sole noi due sorelle. Lame di luce a screziare il ripiano del tavolo di formica, dalla cucina la scia di odori del pranzo che ci aspettava – timballo di finocchi e arista di maiale al timo e ginepro, specialità di Mylène. Silenzio della nostra concentrazione, in tanta calma apparente io però inquieta, in preoccupata attesa di quel che puntualmente poi accadeva: il disgraziato momento in cui Nina incominciava a scarabocchiare sul suo foglio, e con furia rabbiosa cominciava a calcare sgorbi neri sull'accurato lavoro cui si era dedicata sino a un attimo prima. Rovinare: si trattava di un disegno allora, di altro – un'amicizia, un amore, un impegno – poi. Sempre per Nina arrivava la pulsione irresistibile a distruggere; mandare a monte le cose, e dal guastarle, trarre linfa.

Giocavamo agli «animali preferiti». Quello di Nina il giaguaro, la tartaruga il mio. Da qualche tempo ne possedevamo una; viveva sul balcone, aveva poche settimane di vita nonostante sembrasse centenaria. La osservavo avanzare sbucando fuori la testina scura, vischiosa, gli occhi due fessure nerissime, occhi vispi, vigili, un po' isterici. Andavo di continuo sul terrazzo per vederla, con il polpastrello cauta accarezzando gli scuti del carapace. Come dimora della tartaruga avevamo scelto una cassetta della frutta tenuta capovolta, accanto alla quale io avevo posizionato una tazzina d'acqua che cambiavo ogni mattina, coprendomi la testa col cappello se pioveva. Nutrirla era mia responsabilità, ogni giorno disponevo davanti alla cassetta poltiglie di gusci d'uovo triturati e grandi foglie di lattuga prima ben lavate. Imparavo molto dalla flemma di quel piccolo animale che era casa a sé stesso, dal suo schermarsi ritraendosi in sé, e da lì impassibile stabilire il massimo della distanza rispetto all'esterno. Nina era gelosa, diceva che avremmo presto preso un cane, «e la tartaruga dovrà sloggiare, Maddi, preparati, sennò il cane se la mangia». Ma prima Mylène, e poi anche papà, e Gloria, quell'idea del cane gliel'avevano bocciata. «Invece sarebbe così semplice, non capite, lo porto fuori io quando mi alleno». Nina non mollava, ma papà su quel punto era stato irremovibile: «Avete già tanti impegni, non c'è necessità di complicarsi di più la vita». «Come se non foste voi ad avercela resa complicata. Ci prendi pure per sceme: lo vedi quanto poco capisci, papà…» Montavano le tensioni, e quello del cane rimase sogno irrealizzato; al suo posto c'era il carapace lucido della tartaruga. Un soprassalto ogni volta, un'apparizione. La seguivo spostarsi lenta, solenne. Mi spronava a rendere me stessa la virtù di un luogo, mostrandomi come sostare dentro di me creando così il migliore scudo. Come proteggermi da tutti, anche da Nina.

Tramonti su Villa Pamphili, tra i pini faceva capolino il cielo, sprazzi di cielo, larghe striature di rosa, indaco, giallo scuro: luci di una bellezza che afferrava il cuore. Nina correva tenace, sicura, regina delle atlete. Mylène e io stavamo ad aspettarla in piedi, vicino alla scalinata che affaccia sulla Casina del Bel Respiro. Io in silenzio, Mylène più socievole mentre si intratteneva con altri sportivi frequentatori del circuito. Quando ci raggiungeva, trafelata, Nina era stremata ma splendente. Già allora come adesso, nulla come il jogging le faceva bene: correre la trasfigurava. Nascosta dietro una siepe si cambiava la maglietta madida di sudore, poi tutte e tre ci avviavamo verso l'uscita, spesso le ultime a lasciare la Villa.

Andare a correre sul terrapieno era diventato molto più di un'abitudine quotidiana. Un'ossessione, per mia sorella – tutto, o quasi, per lei. Ma c'erano momenti diversi, più difficili, piovosi interminabili pomeriggi senza nulla da fare. Mylène sorvegliava che noi facessimo i compiti, poi smetteva di seguirci. Le sue attenzioni erano di nuovo distratte; io e Nina eravamo convinte si fosse presa una cotta per un allenatore che veniva ogni tanto sul terrapieno, un tal Roberto, co-gestore di una palestra all'Eur piuttosto conosciuta. Non si capiva se si trattasse di una cosa reciproca, ma certo ora si astraeva spesso, Mylène, e dai suoi silenzi anziché accolte noi subito ci sentivamo escluse. Ce ne stavamo noi due, l'una con l'altra e con il tempo da occupare. Innervosita, frustrata per il mancato sfogo del jogging, Nina cercava di attaccare briga.

«Quanto sei noiosa, Maddi. Non te ne accorgi quando stanchi? Sempre perfettina, che non ti sbilanci mai, non una parola fuori posto... un vero strazio, ecco che cos'è stare con te!»

«Che vuoi dire? Lo sai che a me parlare molto non piace, che preferisco ascoltare». Spiegare come funzionavo mi risultava penoso, eppure lo stesso ogni volta mi sforzavo di farlo, caduta a capofitto nella trappola di Nina.

«Certo, figuriamoci. Però con il tuo fare passivo, da santarellina, finisce che comandi sempre tutto tu. L'ha detto bene Rebecca, che staresti bene a far la preside»

«Comando? Io? E cosa comanderei, scusa?»

«Non ti accorgi di quanto sia fastidiosa la tua calma. Questa dannata calma imperturbabile ...»

«Non ti seguo, Nina».

«Lo so che non mi segui, che non capisci. Io invece ti capisco eccome, e te lo dico: la tua prudenza, tanta riservatezza... stufano, sono pesanti. Mi opprimi, ecco cosa c'è!» Io trasecolavo; sino a quando Nina regolarmente non cominciava a piangere, smetteva di pensare al fastidio che le procuravo io e tornava a sé, ai suoi patemi, io una volta di più sentendomi in dovere di occuparmi di lei. Di quel dannato dolore che vivevamo in comune.

Il sabato pomeriggio venivano da noi delle compagne di scuola. Non ero io a invitarle, bensì sempre Nina a prendere l'iniziativa. Visite che erano cataclismi, alterazioni dei nostri ritmi abituali. Pomeriggi che vedevano cessare ogni nostra solidarietà e complicità, perché Nina si alleava con l'amica di turno e diventava fredda e scostante con me. Non mi capacitavo; e in una dinamica perversa più non capivo, più Nina mi escludeva. «Che c'è Maddalena? Non lo vedi che stiamo giocando?» «Scusa, non c'è posto per te, è una cosa che si può fare solo in coppia, Maddalena...»

«Maddalena»: sentir pronunciare il mio nome per esteso da mia sorella mi gelava. Andavo a chiudermi nella mia stanza, aspettando di poter essere sola con Nina.

«Perché ti comporti così? Fai male a me e a tutto, non te ne accorgi? E non ci pensi alla figura che mi fai fare con *loro*, con le altre?»

Nina però non si scusava mai. «Ho le mie ragioni. Sei tu che mi incasini! Non è facile, cosa credi Maddi, non è affatto facile avere una sorella eterna prima della classe! Cara la mia madamina-io-so-tutto, sei una gran rompiscatole, ecco cosa sei, sarebbe anche l'ora che te ne rendessi conto...» Sbatteva la porta, andava anche lei nella sua camera e ci si barricava dentro. Lunghi silenzi, intere giornate senza rivolgersi la parola. Insistere era tempo sprecato: le sue intermittenze complicate e per me tanto crudeli Nina non me le avrebbe spiegate mai, perché era lei la prima a non saperle decifrare.

Altre volte cambiava bersaglio e si metteva a tormentare l'amica di turno, e quella a trovarsi di colpo «mollata» si smarriva, appartandosi in un canto con finta disinvoltura ma in realtà atterrita. Angherie, gelosie tiranniche, lune che si storcevano improvvise; con piccole variazioni, lo schema restava lo stesso. Mia sorella avvelenava l'atmosfera sinché la sua infelicità non prendeva il sopravvento e lei non aveva tutte (la sorella e l'amica) spettatrici dei suoi tormenti e dei suoi sfoghi. Provavamo a tranquillizzarla, io di più e meglio dell'amica di turno, sino a quando tra le lacrime Nina abbozzava infine un sorriso sbieco di soddisfazione, ed era quello il segnale che stava tornando la pace. Aveva ottenuto il suo scopo, tenerci in pugno, vincolate a lei.

Tirannica perché soffriva, e dietro la facciata prevaricatrice, preoccupatissima del giudizio altrui. Alle compagne si affrettava a chiarire la nostra situazione. «Noi non viviamo con i nostri genitori» aggrediva l'invitata prima ancora che quella avesse varcato la porta d'ingresso. «Sai, anche per quello non li vedi mai venire a prenderci a scuola... perché non abitano con noi. E nemmeno vivono a Roma...»

«State con Mylène, la tata, vero? Lo avevo capito, cioè veramente lo sapevo già...» l'amica di turno annuiva baldanzosa con aria complice, dentro di sé già autobattezzatasi lei anche come noi «orfana senza esserlo».

Cominciavano così intensi pomeriggi spesso un po' melodrammatici. Mylène controllava, nel suo modo però invisibile e mai apprensivo, e poi appariva così giovane, e l'assenza di genitori rendeva speciale l'atmosfera in casa nostra, diversa da quella respirata nelle altre famiglie. «I sabati da Maddi e Nina» diventarono famosi tra le nostre compagne di scuola: appuntamenti che quelle avrebbero voluto replicare quanto prima, non fosse che i genitori, saputa dalle figlie la nostra anomala condizione, cambiavano atteggiamento. Esitavano, a un tratto riluttanti a lasciarle venire da noi.

Il momento più difficile era l'ultimo, quello dei saluti.

Quando i genitori venivano a prendere le figlie, dover assistere ai loro baci e ritrovamenti, alla consuetudine e intimità dei loro gesti in ascensore prima che se ne richiudessero le porte. E immaginare i loro ritorni a casa, là dove nella più accogliente normalità, sorvegliate dai loro amorevoli mamma e papà, avrebbero atteso l'arrivo della cena e poi del sonno. Eravamo invidiose, e in silenzio in quell'invidia ci svilivamo. La ferita: sempre in agguato e pronta a mimetizzarsi, in me assumendo la forma di una calma eccessiva, in Nina di un'aggressività troppo feroce.

Chiusa la porta, noi regolarmente finivamo a litigare.

«Perché cavolo mi tradisci ogni volta, Nina? Che bisogno hai di farmi fuori sempre, me lo spieghi?» Avevo il pianto nella voce, di risultare troppo tragica lo sapevo anch'io e non me ne importava.

«Te l'ho detto tante volte, Maddi: ho le mie ragioni. E poi sei tu, mica io...»

«Sono io cosa?»

«Sei tu che a metterti ogni volta in quella parte di intrusa/esclusa fai casino...»

Pianti, spintoni per scansarmi via, musi lunghi; poi riconciliazioni solenni, abbracci stretti a rinnovare il nostro patto di fedeltà e alleanza. Eravamo questo, noi. E c'era voluto il tempo a cambiare le cose, da un certo momento in poi farmi sentire traghettata sull'altra sponda, la riva larga del mondo dei più grandi. Le collere di mia sorella a un tratto non mi toccavano più; che se la sbrogliasse da sola con le sue invitate, quelle ragazzine che io certo non avrei voluto in giro per la casa – fosse per me ce ne saremmo state tranquille, noi sole con Mylène. Nella mia stanza passavo il tempo a leggere, strimpellare il pianoforte, concedermi la libertà di stare per conto mio. Svincolarmi, trovare una Maddalena oltre il mio ruolo di sorella: quella l'urgenza. Non più inseguita dal senso che le nostre vite fossero fuse insieme, interconnesse. «Tu sei tu: sei Maddalena» mi ripetevo, occhi negli occhi io e la me nello specchio. Tu sei tu: trovarsi, senza più perdersi di vista.

Sentendosi lasciata sola nei suoi teatrini scomposti e megalomani – ora in questi termini mi permettevo di pensarli – Nina anche lei era cambiata. Ingelosirmi attraverso le amiche non le riusciva più, perse così ogni interesse verso di loro. Le invitava per poi lasciarle da sole e venire a bussare alla mia porta.

«Che fai, Maddi?»

«Cose mie, non lo vedi?»

«Davvero non vuoi venire di là?»

«Proprio no, grazie».

E Nina contrariata ritornava dall'«altra», impaziente che quella finalmente se ne andasse e noi di nuovo potessimo star sole, «in santa pace Maddi, tu e io. Non ce l'hai con me, vero?»

«Con te, e perché? No Nina, io mai ce l'ho con te. Nemmeno quando sei così».

«Così come?»

«Pestifera, e anche cattiva. Alla fine non sei stata né con la tua amica né con me. A forza di dividerti, finisce che non ci sei per nessuno».

Un sorriso di sfida la rendeva bellissima. Poi sul divano, vicinissime, quasi abbracciate, guardavamo dei film, videocassette che Seba ci aveva portato da Milano. Il contatto della testa di Nina con la mia mi dava l'illusione di poter ascoltare i suoi pensieri e che lei sentisse i miei. Unite, sempre, contro tutto e tutti. Del tutto diverse, eppure facce di un'unica, indispensabile moneta.

I fine settimana in cui non doveva lavorare, Seba li trascorreva con noi; veniva a Roma. Si era comprato una Jaguar grigio antracite, e arrivava a bordo di quel macchinone fiammante che potevamo ammirare in tutto il suo fulgore prima che venisse parcheggiato in garage. Avevamo anche il permesso di entrarci dentro e toccare ogni cosa, chiavi a parte. Il cruscotto lucido e nuovo di zecca, la tappezzeria morbida dell'abitacolo, la pelle liscissima dei sedili che era una gioia al tatto. Accendevamo l'autoradio, inclinavamo i sedili e fingevamo di dormire. «Pronta Maddi, si va? Dài che guido io» Nina diceva per cominciare il gioco. «Pronta sì, portami lontano mi raccomando Nina...» Quella macchina diceva il nuovo status di papà, sino a che punto lontano fosse approdata la sua vita oltre noi. I ritmi milanesi e le molte venute a Roma avevano trasformato Seba: adesso era vestito in modo un po' meno trasandato ma era sempre nervoso, sempre di più, ipercinetico, il corpo troppo magro comunicava affanno e un nuovo tic, quando era stanco, gli faceva sbattere di continuo la palpebra destra. Aveva smesso di fumare sigarette ed era passato al sigaro – a tavola dopo mangiato noi seguivamo affascinate l'intermittente brillare della brace. La macchina, gli abiti, i sigari: ci attraevano i possessi di nostro padre, niente di lui.

In occasione di quelle visite Mylène anticipava al sabato la sua giornata libera. La seguivamo prepararsi; metteva tacchi a spillo, scarpe a punta altrimenti mai usate, vestiti attillati difficili da portare date le sue cosce un po' grosse, e abiti che risultavano stranissimi su lei di solito sempre in tenuta sportiva. Forse (ma non ne avevamo nessuna conferma) si agghindava a quel modo per incontrarsi con Roberto, il co-gestore della palestra all'Eur. Certo si trasformava, appariva un'altra persona; si truccava, anche, e il rimmel e l'ombretto le toglievano l'aria sbarazzina che a noi invece piaceva tanto. Restavamo sole con Seba, stanco e nervoso anche adesso che avrebbe potuto riposare.

«Andiamo a correre, papà?»

«No ragazze, davvero non ce la posso fare. Ho guidato sei ore di fila, e nei giorni scorsi ho lavorato come un matto. Andate voi, vi aspetto qui; io mi riprendo un po', e intanto preparo qualcosa».

Cucinare gli dava sicurezza: inscenare una finta consuetudine lo aiutava a farlo sentire in casa sua. Per noi, trovarlo al ritorno dalla Villa era strano e un po' imbarazzante; eravamo stanche, Nina dei suoi molti giri di corsa, io della sequenza di esercizi composta per me da Mylène (cambiava schema circa ogni due mesi). Strano e disagevole mentre facevamo la doccia sentire papà armeggiare in cucina, la radio tenuta accesa a volume sempre troppo alto e su quel sottofondo l'invasivo tintinnio di pentole e piatti. Strano e straniante: nella nostra convivenza ora solo episodica – e coatta – quella messa in scena di routine domestica risultava di una finzione quasi offensiva. Se sperava di farci piacere, Seba otteneva il risultato opposto. Consumavamo in silenzio i pasti da lui amorosamente preparati, e mai che gli dessimo la soddisfazione che sperava. Una volta aveva cucinato un pollo in fricassea, il pianale della cucina era diventato in fretta un campo di battaglia di mezzi limoni spremuti, gusci d'uovo, tracce di olio. All'intingolo aveva aggiunto una particolare mentuccia portatagli da un'amica ligure, «erba di costa di mare ragazze, sentirete che squisitezza» ci aveva garantito. Nina non aveva nemmeno assaggiato, schifata da quella poltiglia «così gialla e chiara, a te Maddi non fa venire in mente il vomito?» aveva detto sottovoce a me prima di cominciare il pranzo. Risate alle spalle di papà, a tavola altri sghignazzi trattenuti dei quali però Seba si era accorto, bravo a nasconderlo ma, si capiva, delusissimo.

Parlavamo con sforzo di argomenti qualsiasi, offrendo risposte svogliate alle sue domande, ogni volta le stesse: la scuola, come va, e le amiche, lo sport. Curiosità obbligate, prive di vera intenzione di sapere. Per ingannare il tempo tornavamo sul circuito, in Villa, anche due volte al giorno quando c'era lui; oppure ciondolando per casa aspettavamo l'arrivo della domenica pomeriggio, quando papà sarebbe ripartito alla volta di Milano e Mylène ritornata a casa, rapida a chiudersi nella sua stanza per riemergerne la stessa di sempre, in tuta da ginnastica, la sua figura così rassicurante e familiare, la frangia corta appiccicata alla fronte con il gel, ai piedi ergonomiche infradito giapponesi, le mani nascoste nell'unica tasca a marsupio sul davanti della felpa. Anziché malinconico declino del giorno festivo in attesa della scuola il lunedì, la domenica sera coincideva piuttosto per noi con un momento felice. Riprendeva la vita vera: pienezza di una quotidianità forte del proprio ritmo regolare.

La mamma in casa non veniva mai; così era stato stabilito dal giudice tutelare. A Seba, in qualità di proprietario dell'appartamento di via di Villa Pamphili, era stato accordato di poter starci il tempo delle sue visite nei fine settimana. Ma Gloria no, non aveva accesso in casa nostra. Si trattava di un assetto squilibrato, ingiusto, un ordinamento delle cose che la mamma avrebbe dovuto contestare sin da subito. In un primo tempo vulnerabile e più esposta, Gloria aveva invece accettato quelle condizioni, lasciando che venissero decise da altri e imposte a lei, che adesso le subiva.

«Non puoi proprio venire su? Nemmeno dieci minuti, il tempo di vedere la casa? È il posto dove abitiamo, come può essere che non hai nemmeno la libertà di accompagnarci un momento?» Al momento dei saluti all'angolo tra via Fonteiana e via di Villa Pamphili Nina pregava Gloria, insisteva. Voleva a tutti i costi farle vedere la sua stanza, il poster di Madonna, la tartaruga. Finalmente dopo anni poter riascoltare me e la mamma suonare insieme – se non respirare, almeno far annusare a Gloria l'atmosfera in cui si svolgeva la vita delle sue figlie. «Sali mammina, dài, chi se ne accorge? pochi minuti, non di più». Sulla rampa di ingresso alla Villa il consueto viavai domenicale: cani al guinzaglio, perdigiorno, sportivi, molti jogger, palloni da calcio, aquiloni. La rassegnazione stampata sul sorriso della mamma valeva più di qualunque risposta. «Vorrei tanto dirvi di sì, salire. Ma non se ne parla nemmeno ragazze; non chiedetemelo più, è meglio».

«La prossima volta eviti di fare domande del genere senza avvisarmi prima, d'accordo Nina? La realtà la conosci, lo sai come stanno le cose. Mica puoi uscirtene così».

Eravamo in ascensore, mia sorella mi guardava e annuiva seria, gli occhi verdissimi attraversati da chissà che pensieri. «Non dirò più niente, te lo giuro Maddi, scusami...»

«Guarda che se avanziamo altre richieste» l'avevo redarguita ancora «ci tolgono pure il poco tempo che abbiamo a disposizione per stare con lei». Intanto eravamo entrate in casa, dove Mylène già al tavolo del salotto ci aspettava per fare i compiti – tipico suo, scacciare con la disciplina ogni possibile malumore o malinconia. Avevo pena di Nina, pena di noi. Noi due sempre sole a far fronte. Noi e il nostro dissesto.

Seba si presentò con una ragazza. L'avevamo vista scendere dalla Jaguar, magra e lunga (era ben più alta di lui), una pelliccetta finta di un bianco lucido sintetico. Ci aveva abbracciate e baciate sulle guance, come una vecchia amica. «Tranquille, potete fidarvi, è una capricorno» papà aveva detto ridendo – da quando era a Milano meno, ma ancora l'astrologia lo appassionava. «La capricorno» aveva capelli biondo platino e una bocca tumida e finta, coperta di un pastoso rossetto arancione. Aveva seguito papà pigra, ciondolando sino al salotto, e anche quell'indolenza con cui gli andava dietro aveva qualcosa di sfrontato, di volgare, ai nostri occhi. Lui non sembrava prestarle granché attenzione; giusto il tempo di posare il trolley ventiquattrore, lavarsi le mani, e già eccolo in cucina a riunire gli ingredienti per una teglia di lasagne. Allegro mescolava il sugo, montava la besciamella, giustapponeva le listelle di pasta; poco seguito dalla spilungona che intanto lo guardava assente, appollaiata sullo sgabello di fronte al piano cucina, la minigonna di pelle nera che sollevata nella seduta mostrava le cosce seriche e l'orlo di pizzo delle culotte.

«Che poveraccia di tipa».

«Davvero... ma non dura, vedrai».

Giusta profezia: la ragazza si era eclissata in fretta. Tempo qualche mese perché Seba si presentasse con un'altra, questa anche di Milano. Si chiamava Licia, era rotondetta, piccola di statura, lentiggini su un grazioso faccino simpatico, una mèche verde brillante in mezzo al nero dei capelli.

«Gemelli ascendente leone: sono una 'tipetta', secondo vostro padre». Avevamo riso, bendisposte: sembrava di gran lunga migliore della spilungona. Lei, Licia, almeno un po' di bene a Seba pareva volerne. Aveva insistito a venire a correre con noi, «così smaltisco l'intontimento da troppa autostrada» aveva detto. Arrivate sul circuito del terrapieno subito ci eravamo accorte delle sue ottime forza di gambe e resistenza di fiato, e Nina aveva dovuto faticare per non farsi battere sulla durata.

Papà intanto ci aspettava a casa, felice di quel teatrino pseudo-familiare – noi che rientravamo in compagnia di qualcuno che non era nostra madre ma ugualmente la sua donna. In Romagna, dove da poco era stato per l'ingaggio a un matrimonio, s'era comprato un grembiule da cuoco, rosso, plasticato, con sopra stampigliata la foto di una pizza margherita, bianco di mozzarella, verde di basilico, gocce cangianti di spruzzate d'olio, persino. Simbolo del suo ostinato voler esserci, lì con noi, impossessandosi a suo arbitrio della nostra vita domestica. Lo stesso ogni suo tentativo si era rivelato fallimentare: papà restava un peso, un ospite ingombrante.

I ritmi di lavoro a Milano erano intensi, sfiancanti gli andirivieni continui con Roma. Seba era sciupato, a ogni sua venuta notavo altre rughe e nuove opacità sulla sua faccia stanca. Era consunto, di una magrezza disidratata; sradicato, là dove Gloria una sua nuova andatura, equilibrio, prosperità invece li aveva trovati eccome.

«Questa Licia sì che va bene per papà», aveva detto Nina, seduta sul bordo della vasca in attesa del suo turno per lavarsi. «Gli tiene testa… anzi lo comanda, direi, ma lo fa in un modo gentile. E poi è una jogger. E io di chi corre mi fido…»

«Ti sbagli, non lo comanda» l'avevo contraddetta, a voce alta perché Nina potesse sentirmi dalla doccia ma con il rischio, pensai subito dopo, che papà potesse aver ascoltato. «E poi, sempre troppi giudizi, esageri Nina. Chi sei tu, per sapere sempre da che parte sta la verità?»

Nemmeno quella Licia aveva durato. Era arrivata a Monteverde altre tre o quattro volte insieme a papà sulla Jaguar, poi non più.

Lui sempre teso, gli occhi rossi di capillari scoppiati, lo sguardo stravolto. «È perché guido troppo» diceva. Io mi ero convinta che invece fosse perché di nascosto spesso piangeva. Era ancora innamorato della mamma, piangeva per quanto gli mancava lei.

«Licia avrà capito la verità: che papà nel fondo è un uomo passivo».

«Forse semplicemente non era davvero convinta, e ha avuto la saggezza di confessarlo».

«Mah, che ne so io». Se si scivolava sul piano dei sentimenti, la spavalderia di Nina scompariva dietro un generico disinteresse. «A ogni modo, vedi Maddi com'è fatto papà. Se incontra una cosa buona, poi non sa farla durare».

«Forse. Ma sei eccessivamente dura, te l'ho già detto. Tranci tutto con opinioni troppo categoriche...» Lei non mi stava più a sentire, era uscita dalla doccia e aveva ripreso il suo sfogo mentre a testa in giù sfregando l'asciugamano si asciugava i capelli.

«Quanto vorrei non vederlo in giro per casa! Non ritrovarmelo tra i piedi, con tutta l'attenzione che chiede ogni volta piombando qui. Questa finzione di una nostra vita normale insieme con lui, a me Maddi, te lo dico, fa pietà. Abitudini inventate, inesistenti».

Il tempo era passato, Nina era diventata una giovane ragazza. Bella e incurante della sua bellezza; troppo attenta agli altri, ipersensibile ai loro comportamenti, sempre pronta a risentirsi, accanirsi. A scuola c'era stata una questione con un professore di scienze che secondo Nina le era contro, si era fissato con lei. Il putiferio s'era scatenato per via di un 5 datole a suo dire senza vere ragioni, un voto immeritato. Come era stato anni prima per il saggio di danza, anche qui Nina aveva preteso la solidarietà dei suoi compagni contro l'insegnante, dando poi in escandescenze per non averla trovata in nessuno. Aveva saltato una settimana di scuola minacciando diventassero molte di più, e di perdere l'anno (non fosse stato per Mylène e la sua pazientissima opera di persuasione, lo avrebbe perso di sicuro). Si infuriava per niente, mia sorella, montava storie inesistenti e che non andavano mai a finire bene. Io mi sforzavo di assolvere, lei si intestardiva a condannare. Lei puntava il dito su papà e i suoi goffi tentativi di starci vicino, io provavo a concentrarmi su altro. Smussavo angoli arrotondando spigoli. Non potevamo niente, la realtà andava accettata per come era. Provare rabbia, immedesimarmi con i vittimismi di Nina non dovevo. Mi avrebbe indebolito: troppo.

«Sarebbe bastato papà avesse un po' di pazienza. Si trattava di aspettare, mamma di sicuro sarebbe tornata». Sempre brava a correre avanti con i pensieri, mia sorella.

Le rispondevo a malapena, schiacciata come mi sentivo dalla mia malinconia addomesticata, vestita di maturità. Avevamo passato una delle nostre magiche domeniche con Gloria, quel tempo che con lei scorreva fluido, pieno, dolcissimo da vivere. Avremmo voluto fermarlo, il tempo, e dopo che la mamma era andata via trattenere ogni immagine, metterla al riparo nel cuore.

La verità era una soltanto: che soffrivamo, una pena acuta e che non si attenuava mai.

Agli appuntamenti con noi Gloria non si presentava mai in compagnia di Marcos. «Mamma, ma non lo vedi più quel tipo?» aveva chiesto Nina mentre tutte e tre insieme sulla «nostra» panchina a Villa Pamphili, la prima a sinistra dopo l'entrata, ci mettevamo lo smalto sulle mani. Era uno smalto blu acceso portato da Gloria, e che era lei adesso a stenderci con cura sulle unghie. Una domenica di tempo incerto, aria troppo calda per essere marzo, con nuvole sfilacciate a striare un cielo biancastro e una luce fastidiosa, che feriva gli occhi. Alla domanda di Nina la mamma aveva avuto un soprassalto, qualcosa doveva pesarle sul cuore a giudicare dalla fretta con cui aveva replicato. «Certo che vedo Marcos. Lo vedo ogni giorno. Da quando siamo tornati dal viaggio viviamo insieme». In attesa che lo smalto si asciugasse io ascoltando quelle parole fissavo la ghiaia, il bagliore che vi rifletteva il cielo bianchissimo. «Sto aspettando che il giudice tutelare mi accordi la richiesta di potervi avere a casa una domenica» la mamma aveva aggiunto in coda alla sua rivelazione. «Piccola la casa eh, niente di che: due stanze sole ma messe bene, carine. C'è persino un pianoforte, era già nell'appartamento quando lo abbiamo affittato ammobiliato. Ah, che bello se potrete venire! anche Marcos ne sarebbe così contento…»

Si chiamava Portonaccio il quartiere dove si trovava la casa. Un nome mai sentito, dal suono vagamente minaccioso. Portonaccio, brutto portone. Porta aperta su una notizia difficile da ricevere – un salto nel buio, per me e Nina. Gloria adesso taceva. Stava in ascolto. Specchiate nei suoi occhiali da sole ci vedevo noi, le sue figlie; il nostro smarrimento, le altre domande che non sapevamo farle. Era passato un vicino di casa, un signore scapolo, come ogni giorno in Villa per portare il suo labrador. Ci aveva salutate con un cenno della mano, senza avvicinarsi per scambiare qualche parola come usava fare quando con Mylène lo incrociavamo.

Accenni di sorrisi. Nina aveva fatto per alzarsi e stava per scoppiare a piangere; la mamma accorgendosene l'aveva tirata a sé, cingendole la spalla con il braccio mentre la carezzava sulla fronte e la baciava sui capelli e a me tendeva l'altra mano. Insieme, tutte e tre, io giusto un poco più in là. Le guardavo, Nina e Gloria, mia sorella e mia madre; così amate, e simili tra di loro, e diverse da me.

Dunque Gloria conviveva – di fatto era come fosse risposata. Quanta cura, avevo pensato, quanta attenzione: tanto tempo senza dirci niente, in paziente, cauta attesa del momento giusto per parlare. Sapevamo una cosa nuova, adesso: che esisteva in città un luogo, un'altra casa che avrebbe potuto essere anche la nostra e dove invece ci era vietato andare.

Convinto che condividere la quotidianità dei nostri genitori potesse destabilizzarci, il giudice non autorizzò la nostra visita a Portonaccio. Giustificò la sua decisione con l'argomento che la nostra routine doveva rimanere quella di Monteverde, con Mylène. L'ingiustizia delle visite di Seba due volte al mese e nessuna di Gloria, che invece incontravamo fuori le rimanenti domeniche, a lui sembrava più che legittima. Come non viaggiavamo fino a Milano per stare da Seba, così non saremmo andate a Portonaccio da Gloria. Concesse invece nuove aperture per quanto riguardava l'estate, il giudice. Una settimana di vacanza con la mamma e Marcos, simmetrica a un'altra settimana in agosto chiesta da papà per portarci in montagna. Era aprile, mancava ancora molto. Lo stesso una felicità febbrile, adrenalinica si impadronì di noi. Non parlavamo praticamente d'altro. Dove si andrà? Mare, campagna, montagna? Nina specialmente scalpitava di sapere.

Dunque la nuova serenità della mamma, i suoi modi più maturi rispetto a quando viveva con noi dipendevano non solo dall'ottimo lavoro che aveva trovato nel frattempo – anche da quella relazione sentimentale stabile, destinata a durare. Più adulta e più consapevole di sé, Gloria: della sua bellezza prima era come si vergognasse, la portava con impaccio. Ora invece il suo fascino lo esibiva sicura. Splendeva; quando pranzavamo al ristorante, al momento di andar via tutti si voltavano a guardarla, tanto era bella.

Tornerò in via Borgognona, a Roma. Una strada silenziosissima di mattina presto – si anima solo dopo, all'apertura dei negozi. Gloria per anni ci si è recata ogni giorno: lasciava Portonaccio, prendeva la metro alla Stazione Tiburtina, cambiava a Termini, arrivava a Spagna. Pochi metri, sinistra, destra, ecco era al negozio.

Molto socievole da ragazzina, la mamma; come anche Nina, hanno un talento per gli incontri. Gloria si era legata in amicizia con diverse sue coetanee, poi perse di vista sino a quando, passato del tempo dal suo ritorno dal viaggio in Argentina con Marcos, aveva incontrato in metropolitana una sua ex compagna di classe. Quella le aveva fatto grandi feste. «Gloria, ma sei tu? Sempre splendida. Due figlie, davvero? Accidenti, ancora una silfide però, perfetta, beata te!» Erano scese insieme alla fermata Spagna, Gloria aveva accompagnato l'altra sino al luogo di lavoro. La ragazza era commessa in prova da Gucci, in via Borgognona; aveva proposto a Gloria di entrare con lei per dare un'occhiata al negozio. Nel vederla comparire, il direttore era stato subito colpito – come non accorgersi di Gloria, attenta a ogni gesto, l'incedere elegante, le sforbiciate delle lunghe gambe, il sorriso sempre a fior di labbra, e quel verde degli occhi da perdercisi dentro. Qualche domanda a caso, una breve conversazione. Tre giorni dopo Gloria veniva messa in prova e presto, a differenza dell'ex compagna di scuola, assunta a tempo indeterminato. Il puro caso, che è puro perché mai casuale, aveva creato la grande occasione – un posto di responsabilità per il quale la mamma pareva ritagliata: la sua ascesa professionale, da quel momento ininterrotta, la portò di promozione in promozione a ricoprire il posto di direttrice responsabile di quello stesso negozio Gucci dove era entrata giusto per fare un giro.

Lavoro prospero. Seba invece a Milano annaspava, sommerso dagli impegni, affaticato, solo. Ora veniva a trovarci senza più fidanzate. Arrivava il venerdì sera, molte volte quando noi dormivamo già; al risveglio lo trovavamo in cucina che in accappatoio beveva il caffè. Borse gonfie sotto gli occhi, rughe sempre più evidenti e marcate. Non parlava più di astrologia né di altre letture oracolari; parlava poco in generale. Nel fondo delle pupille sempre mobili, inquiete, io vedevo una grande preoccupazione per sé stesso, la sua vita. A me faceva pena, mai a Nina. «Figuriamoci; non sono così buone le intenzioni di papà come credi tu, Maddi; è anche un grande opportunista, e un rompiscatole. E poi, scusami tanto, non siamo diventate troppo grandi per ritrovarci un uomo in giro per casa due volte al mese per l'intero fine settimana?» Convenivo, sì. Coabitare con Seba era macchinoso, faticosa e innaturale la frenesia del suo affaccendarsi a cucinare per noi. Tutto vero. Vero anche però che andava accettato: era nostro padre, venire a trovarci a Roma costituiva un suo diritto di cui non potevamo privarlo, e il suo stare in casa con noi era sì un arbitrario privilegio ma che nessuno, a cominciare da nostra madre, era stato capace di contraddire.

Una domenica mattina. Pioveva. Entrando in cucina lo avevo sorpreso ad armeggiare con della polvere bianca sparsa sul tavolo. Polverina fine come sabbia e che spiccava bianchissima sull'ardesia del ripiano. Seba l'aveva raccolta in un mucchietto e schiacciata in una larga striscia. Poteva sembrare farina, così fine, non fosse stato che luccicava di screziature brillanti che nella farina non avevo mai visto.

«Ma che fai, papà? Cos'è quella roba?» avevo chiesto, diretta come non ero mai.

«Un sale speciale che ho comprato a Milano» mi aveva spiegato lui, aggiungendo che andava steso a quel modo perché si potesse passarlo al setaccio prima di riporlo al buio, in cantina. Troppi dettagli, strana spiegazione; avevo pensato subito che mi stesse mentendo. Se fosse o no cocaina non sapevo, certo mi era venuto spontaneo associare a quella polvere bianca la magrezza di papà, la sua pelle disidratata, il suo sguardo sfuggente in cui come non mai vedevo balenare l'apprensione.

Papà si drogava. Non mi era chiaro cosa significasse esattamente, però lo avevo intuito e muta lo confessavo a me stessa.

Ho visto Nina volare / tra le corde di un'altalena / un giorno la prenderò / come fa il vento alla schiena.

Nina quel che fa è bruciare le tappe. Le ha sempre bruciate: in amore, ma anche nel resto. Prima che volo, lei è tempesta di vento. Si getta sulle cose, le travolge, se ne fa travolgere. Io ho occhi marroni, di un nocciola che si screzia di verde se guardo la luce alla luce. Avrei voluto quelli di Nina, gli stessi occhi che erano di nostra madre, ammaliatori ma senza essere trasognati, occhi dall'espressione inflessibile invece, spietati anche, talvolta. Lo sguardo di Gloria e Nina: capace di fissarti sino a che non abbia registrato ogni dettaglio e deciso cosa fare, come agire. Ho sempre pensato di essere più miope, di saper penetrare le cose meno di loro. Fortezza e cassaforte. Farmi scudo con il mio carapace, lo stesso della tartaruga che lentissima continuava ogni giorno a perlustrare ampie porzioni del nostro terrazzo.

L'impeto ho sempre lasciato che fosse di Nina. Nina, con quelle sue sopracciglia ad ali di gabbiano. Magnetica. Seduce, lo ha sempre fatto. Seduce con i suoi umori che cambiano sempre. Si invaghisce delle persone, stabilisce con chi le interessa relazioni vibranti; poi, quando le cose smettono di funzionare come lei vuole, prende e taglia. Le amiche le ho viste tutte scomparire, una dopo l'altra: stelle nella polvere. Rebecca, che dopo essere stata «scaricata» per una vicenda di bigliettini scritti in classe e nascosti secondo Nina allo scopo di «rovinarla», a scuola durante una ricreazione mi si era avvicinata in cortile per dirmi: «Tua sorella sai che ha? Che è cattiva, cattiva *che c'ha il veleno nel cuore*».

Della sua distruttività, quando prendeva il sopravvento, la vera vittima era lei, mia sorella. Non prima di aver annientato tutti: Rebecca diventò «la serpe», Vittoria «una povera stronza», e così avanti. Nina come una trivella a far smottare e precipitare la terra intorno. Con le parole nessuno come lei conosco capace di far male: nemmeno Valentina, mia figlia, nella fase più difficile della sua adolescenza ha saputo ferirmi come mia sorella – Nina che invece quando è in buona sa essere deliziosa, trascinante, una persona con cui annoiarsi è impossibile. D'altra parte, con la storia d'infanzia che abbiamo avuto, cosa pretendere? Ciascuna di noi due ha un suo nodo, e un suo modo. Una volta di più, due facce di una stessa moneta. Addizione di un'uguale mancanza.

Bersaglio privilegiato delle ire di Nina era Seba, sempre. «Ma che vuoi, che pretendi papà? Neanche ci vivi con noi, come ti permetti di dirmi una parola» lo aveva affrontato una volta mentre litigavano, un sabato sera in cui Seba non le aveva permesso di uscire. «Non ci sei, non ci sei mai stato. Vieni qui a fare il finto cuoco e a stressarci con i tuoi manicaretti... Molla, lasciaci in pace, questo solo devi fare».

Io con il cuore in tumulto avevo atteso la reazione di

papà. Ma lui non si era scomposto. «Tua sorella, con il brutto carattere che si ritrova, gli uomini li farà diventar matti» solo aveva commentato, tetro, dopo che sbattendo la porta Nina aveva lasciato la stanza. Io zitta; funzionavo da punto medio e quella parte la svolgevo sempre, era un ruolo che mi dava senso, che riempiva il mio vuoto. Forte, fortezza. Ogni volta una conferma in più.

«Tua sorella bisogna saperla prendere» mi diceva di Nina Mylène. «*Il lui faut des tonnes de calins, des caresses: rien d'autre*» – abbracci, carezze, questo bisognava saperle dare: moltissimo affetto. Sarà per la disciplina sportiva che ci insegnava, sarà perché è stata la sola che alle provocazioni di mia sorella non abbia ceduto mai, di Mylène Nina si fidava, le portava un rispetto che altrimenti non le vedevo usare verso nessuno.

Professori, genitori dei compagni di scuola, conoscenti, vicini, parenti: non c'era persona del nostro mondo che di Mylène non pensasse un gran bene. Era il nostro angelo custode, quella giovane donna dinamica e coscienziosa che viveva insieme a noi. Era stato grazie a lei, «alla francese», che le sorelle Cavallari si erano salvate da un'infanzia altrimenti drammatica e da una sicura giovinezza dissennata. Mylène è stata la nostra fortuna, non c'è dubbio. Forse nel fondo senza vero calore umano, ma ha saputo garantirci una vita serena, senza sbalzi, pochi avvenimenti e un fluire del tempo normale, in equilibrio.

«Io spero solo che non te ne andrai» le aveva detto Nina una volta che cariche di buste tornavamo dalla spesa fatta insieme alla Conad di piazza San Giovanni di Dio e in attesa del verde stavamo ferme al semaforo di via di Donna Olimpia.

«Perché dovrei andarmene? Sta' tranquilla, non ho nessuna intenzione di lasciarvi, Nina!» aveva esclamato Mylène con una risata, subito prima di affrontare la salita di via Fonteiana. Voce chiara, mai una nota falsa. Pragmatismo, sentimenti saldi, sicuri. «Non se ne esce», «gatta ci cova», «non mi fate fessa»: rideva lei per prima di virtuosismi in italiano che a noi divertivano molto. Certe sere prima di cena suonavamo il pianoforte, io e Mylène in duo per il *Clair de lune* di Debussy. Nina assisteva al concerto, seguiva le nostre dita accarezzare i tasti, la melodia prendere forma, diffondersi nella stanza e riempirla. «Bravissime, fantastiche, sensazionali!» ci sommergeva di lodi quando avevamo finito. Momenti felici, nei quali vedere mia sorella contenta toglieva peso. E poi, altra gioia, c'era lo sport. Il jogging, quelle corse in cui Nina eccelleva e io arrancavo. Andavamo al circuito tutti i pomeriggi finito di fare i compiti, tranne se pioveva – ma doveva piovere forte: «Non se ne parla di restare in casa se è pioggerellina» asseriva Mylène, abituata in Francia a ben altri rigori invernali.

Sul terrapieno era lei a fare da apripista. Cominciava a saltellare piano, un sollevarsi dei piedi da terra quasi impercettibile. «*Allez hop* ragazze, *c'est parti*!!»: Mylène ci insegnava l'andatura del jogging e come resistere, come essere costanti nel movimento senza disperdere energia. Tenere quel ritmo a Nina riusciva facile, l'andatura trotterellata le veniva naturale quanto lo era, osservandola correre, indovinare l'ottima jogger che sarebbe diventata.

Io faticavo, restavo indietro. Per prudenza istintiva,

perché il respiro non andasse in affanno dosavo il passo, calibravo gli sforzi; assillata dal timore che i polmoni potessero tradirmi non pompavo il fiato come mi sarebbe venuto spontaneo e come sarebbe stato corretto fare. L'asma era sempre in agguato, lo pensavo e mi cautelavo – custoditi in un marsupio allacciato in vita avevo sempre con me i broncodilatatori. Nina intanto correva sempre meglio, sempre più veloce e resistente; «spacco», diceva di sé. «Non c'è niente da fare, quando corro spacco»: lo aveva ripetuto anche nel cortile della scuola davanti alle sue ex amiche, infastidite eppure tutte orecchi. Una volta sul circuito era passato un allenatore importante, della Fifa Lazio, conoscente di quel Roberto col quale Mylène amava intrattenersi a chiacchierare sul bordo del terrapieno. Avevano parlato. «'Sta ragazza è 'na promessa, vòi vedé» lo avevo sentito dire mentre poco lontano Nina stava per concludere il suo ventesimo giro di corsa. Io a fatica riuscivo a terminarne uno solo; preferivo abbandonare il circuito, raggiungere il mio albero preferito, un pino altissimo, lì srotolare il mio tappetino in lattice e dedicarmi a esercizi statici, più adatti a evitarmi pericolose accelerazioni del battito cardiaco.

Rientravamo a casa sudate, sfinite, e dopo la doccia tante cene si svolgevano in silenzio, una gran fame, passarsi i piatti, bere, nutrirsi, rifocillarsi; perfetta armonia. I vuoti delle assenze, le case lontane dei nostri genitori sempre nei pensieri. Mancanze tangibili, concrete, che colmare era impossibile e giustificare difficile. Eppure grazie a Mylène e a quell'allenamento sportivo di cui giorno dopo giorno andavamo conoscendo i benefici, ecco un nostro ritmo lo avevamo trovato. Il caos era alle spalle; Seba e Gloria avessero pure le esistenze separate che avevano preferito scegliendo di lasciarci sole in una casa assurdamente solo nostra, «casa delle bambine». Adesso la nostra vita possedeva una sua luce propria, autonoma, la tersa luce sprigionata dall'ordine.

Arrivò luglio, non stavamo nella pelle per la felicità di partire per le vacanze. Le estati precedenti eravamo state in colonia, vicino ad Anzio, e tre volte con Seba a Porto Empedocle, in un albergo il cui proprietario da sposo fotografato si era trasformato in amico di papà. Ma partire con la mamma era diverso, speciale più di qualsiasi altra cosa. Eravamo andate con Mylène alla OVS a scegliere dei costumi di bagno: Nina ne aveva trovato uno giallo acceso, un bikini dal minuscolo pezzo di sotto e quello di sopra rinforzato. Io per me un costume intero, blu scuro, dalle punitive cuciture basse e dritte le mie cosce fuoriuscivano tozze come due salsicciotti compatti.

Appuntamento sul Lungotevere, all'altezza dell'Isola Tiberina. Il mattino era ancora fresco, l'assedio dell'afa si sarebbe scatenato solo più tardi. Gloria ci era venuta incontro dopo esser scesa dalla Volkswagen Polo rossa accostata davanti all'accesso di piazza in Piscinula, lì dove era stabilito di incontrarci. Indossava un vestito bianco sbracciato, con una fusciacca turchese stretta in vita che le svasava la gonna. Dietro, in bermuda a mezzo polpaccio e maglietta scura c'era Marcos. Lo ricordavo in modo molto vago, ora portava dei baffi che non mi sembrava di avere già visto. Notai anche una fossetta in mezzo al mento che era squadrato, virile. Marcos non lo vedevamo da anni, da quel giorno ai giardini pubblici quando Nina aveva avuto una crisi isterica e s'era fatta male al ginocchio. Ora era lì che sorrideva, un po' sulle spine. Saprà stare con noi, avevo pensato.

«Buone vacanze ragazze, *profitez bien*» l'augurio di Mylène sul punto di andarsene. Per l'occasione quel giorno aveva scelto un abito femminile, un vestitino blu scuro a fiori viola e celesti che le stava benissimo. «Che persona: fossero in tanti come lei, il mondo andrebbe in un altro modo» Gloria aveva commentato mentre seguivamo Mylène allontanarsi su via della Lungaretta. La mamma adorava Mylène, e quella mattina contenta come era s'era sentita di ribadirlo.

Che ci attendesse un posto di mare lo sapevamo, dato l'acquisto dei costumi da bagno; adesso a bordo della Polo guidata da Marcos venivamo infine informate della destinazione. Stavamo andando a Terracina, dal cui porto ci saremmo imbarcate verso Ponza.

«Ponza, l'isola?» avevo domandato io già elettrica. Nina taceva: invertiti i nostri ruoli abituali, eccomi la spavalda delle due. Poi la Pontina, pochi alberi, un gran sole, Marcos guidava sicuro, la mamma gli era accanto, ascoltavano un cd di Michel Petrucciani. Molta sintonia tra loro, la sentivo, una percezione che mi aveva fatto da compagna di viaggio.

Appena scese dall'aliscafo la bellezza dell'approdo ci aveva stordite: tutto era luminoso, ampio, la luce squillante del blu del cielo, gli intonaci delle case affacciate sul porto e che arrampicate sul fianco della collina componevano un caleidoscopio di colori, celeste, rosso mattone, rosa chiaro, giallo ocra. Parentesi compensatoria: questo nelle intenzioni del giudice tutelare doveva essere la nostra vacanza; per noi felicità pura, da subito.

Nuotavamo bene, entrambe, merito le tante domeniche mattina passate con Mylène alla piscina delle Rose, all'Eur. Bracciate sicure già il primo giorno a Cala Feola, quando con Gloria ci eravamo spinte verso il largo; se a me durante quella nuotata per un istante mancava il fiato, subito le avevo accanto, tutte e due, mia madre e mia sorella, come sirene angeli custodi. Sugli scogli avevamo preso il sole vicine, la mamma splendida nel due pezzi bianco con anelli passanti color bronzo a raccordare i punti di allaccio di slip e reggiseno. «Quanto siamo fiche, ve ne rendete conto?» aveva detto Nina, e la sera a Marcos, con una goliardica pacca sulla spalla, «Che vacanza, eh? Con tre donne così...» Abbandonata ogni diffidenza difensiva, Nina era al suo meglio. Le piaceva tutto, lei anche come me entusiasta. La sorpresa della vacanza non erano state a ogni modo le nuotate, né il buonumore costante di mia sorella, né i tuffi o le capriole sott'acqua, o le lunghe perlustrazioni del mare armate di maschera e boccaglio. La vita di barca invece: Marcos al porto ne aveva recuperata una da noleggiare, un gozzo a motore piuttosto vecchio e pittato di bianco, il nome (*Fides*) stampigliato in blu con svolazzante grafia sul lato sinistro della prua. Che gioia, che delizia. Un ritmo di vita a cui ci eravamo abituate subito: ancorare in rada, tuffarsi, asciugarsi al sole, di nuovo ributtarsi in acqua; ogni tanto con il gozzo raggiungere un altro punto dell'isola per altri bagni e altre ore di sole. Il mare, quello vero, il tempo che si dilatava, svincolati come eravamo da orari di autobus o da faticose scarpinate per raggiungere cale o le due uniche (e affollate) spiagge dell'isola – che a bordo di *Fides* andavamo conoscendo tutta intera, navigandone ogni tratto. Per ore in giro alla scoperta di promontori ridossati, grotte, conche d'acqua scavate nella roccia arsa dal caldo. Marcos molto capace sia a navigare sotto costa che ad ancorare il gozzo in mezzo al mare. Il suo atteggiamento non sempre mi piaceva. Parlava poco, troppo poco, e a me tanto riserbo sembrava esagerato: in fondo era l'uomo di nostra madre, perché doveva sempre restare un passo indietro da tutto? Per una volta ero io e non mia sorella la sospettosa, l'arrabbiata. La gelosa.

Quando arrivava il momento di togliere l'ancora e andarsene via da cale e spiagge, prima di riaccendere il motore Marcos remava. Pagaiate regolari, mai un'oscillazione del gozzo. Seguivamo ammiratissime i suoi movimenti.

«Dove hai imparato così bene?» Nina gli aveva chiesto un giorno – da prua dove era, alzando la voce per farsi sentire controvento. Le era simpatico, ormai ne avevo la certezza, potevo accorgermene dalla fiducia con cui gli si rivolgeva, senza incenerirlo con lo sguardo come la vedevo fare con papà o gli altri maschi. Spinta dal vigore dei colpi di remi la barca intanto filava sull'acqua. Marcos taciturno aveva scrutato l'orizzonte; da poco era risalito in barca dopo un tuffo, i baffi erano bagnati e imperlati di gocce luccicavano. Poche parole precise dell'italiano di cui con l'aiuto di Gloria si era impadronito. «Come ho imparato a remare, vuoi sapere? Be', lo facevo già da ragazzino: un mio zio mi portava sul Paranà a fare kayak. Ero piuttosto bravo, mi avevano anche ammesso a dei campionati regionali». Gloria da prua dov'era insieme a Nina aveva sorriso, quel cenno di assenso un po' ebete di chi già conosce come una storia va a finire. Io seduta di lato guardavo verso poppa, la barca abbassata dal nostro peso, i vortici di spuma che si agitavano intorno all'elica del motore.

«Ho vinto tre coppe consecutive; poi però ho smesso, l'agonismo non mi interessava. Ma, anche dopo anni remare resta la mia passione. Guarda, Nina...» aveva detto Marcos dopo aver tirato su le aste e messo le pale dei remi di piatto sulle falchette – «guarda, vedi, abbiamo preso velocità, stiamo andando a vento. Come gli uccelli quando smettono di sbattere le ali, e planano giù. Vanno di loro energia, di *fuerza autónoma. Fuerza autónoma*, ecco cosa mi interessa...»

Grazie a una cliente del negozio Gucci amica di Gloria, a Roma Marcos aveva trovato lavoro nel cinema come aiuto al tecnico del suono. Non era un'occupazione sicura, che gli desse alcuna garanzia per l'avvenire; però sin da subito le cose avevano girato per il verso giusto, facilitate dal fatto che Gloria con il suo ottimo stipendio poteva garantire a Marcos tutto il tempo per ingranare col lavoro. Certo doveva esserle molto riconoscente, lui, sebbene covasse anche un fondo di rancore come succede per chi sia troppo aiutato – un disagio che in quella vacanza affiorava ogni tanto, da certi scatti nervosi che gli vedevo avere con la mamma, da certi silenzi prolungati nei quali Marcos si calava, l'aria improvvisamente assorta e preoccupata. Registravo quei cambi di umore, trovando Gloria tanto più lieta e radiosa di lui, così come credo avrei pensato confrontandola con qualsiasi altro uomo le fosse stato vicino, papà per primo.

Il lavoro a ogni modo per Marcos era partito bene, con il piede giusto. Aveva collaborato già a due film, facendosi notare: affidabile, preciso, potenzialmente bravo. Quella a Ponza era la sua prima vacanza in Italia, sapeva che in autunno altre collaborazioni lo aspettavano. Ispirava fiducia, era vero. Un uomo pratico, paziente: un pomeriggio il motore del gozzo si era inceppato e Marcos tempo un'ora aveva risolto la situazione, lasciate noi tre su uno scoglio con l'autobus aveva raggiunto il porto per poi tornare con una tanica di benzina e un grosso cacciavite, preciso, attento, qualcuno che mai ci avrebbe messo in difficoltà, avevo pensato.

Ci aveva insegnato a remare. Poche parole, molti esempi, gesti essenziali ripetuti decine di volte. Solcare il mare scavandolo «come se al posto delle pale i remi avessero *cucharas*... qual è la parola italiana, Gloria? Ecco, sì: immaginate che alla fine delle aste dei remi ci siano dei cucchiai». Raccogliere acqua, spostarla, e grazie a quello spostamento avanzare. Faticavo a capire il meccanismo, oscillare il busto mi riusciva con difficoltà. Marcos con pazienza tornava a mostrarci il movimento delle aste, la precisa inclinazione delle pale, la migliore tecnica per mantenere la postura.

«Ma come diamine si fa?» chiedeva Nina, spazientita di non riuscire a «secare» l'acqua come Marcos provava a insegnarci.

«*Cortar; se debe cortar el aire*, taglia, devi proprio tagliare, come quando vai *en el columpio* ... com'è, Gloria?»

«Sull'altalena»

«Ecco, come quando vai in altalena e devi darti le prime spinte Nina, cosa fai? Non ti muovi anche lì in su e in giù per *empezar*?»

Nina sull'altalena: sempre lì la questione. Nina e le sue altalene.

Si poteva capire che avesse fatto innamorare la mamma, Marcos. C'erano quei momenti in cui era più nervoso, ma per il resto il confronto con nostro padre veniva spontaneo, e tutto a vantaggio di Marcos, qualcuno con la testa sulle spalle, pensavo in quei giorni. Qualcuno col quale il tempo scorreva fluido, piuttosto facile. Un uomo capace di guardare la vita in faccia, senza bisogno di fotografarla per nascondersi.

«La mamma con Marcos sembra proprio felice, vero Nina? E stiamo davvero bene qui a Ponza, non trovi?» Eravamo nella nostra camera, appena sveglie. Lo spicchio di cielo azzurro e la porzione di mare incorniciati nel riquadro della finestra, la giornata in barca che ci attendeva: tutto era esaltante.

«Stiamo bene, molto bene sì» aveva convenuto Nina mentre ancora in camicia da notte si spazzolava i capelli «... però non credo ci resterei più di una settimana. È un tempo eccezionale, e come dice Mylène, l'eccezione ha le gambe corte».

Avevo sorriso, quando era così in buona mia sorella sapeva (ancora sa) mettermi di buon umore come nessun altro. Dovevamo scendere al porto, di sicuro Marcos e la mamma stavano preparando il gozzo per salpare. Anche quel giorno come i precedenti Gloria doveva aver preparato dei panini squisiti, la pizza con il prosciutto e i fichi, i biscotti secchi del pasticcere di Santa Maria che avevamo scovato, superlativo, già il primo giorno mangiando dei bignè alla crema al nostro arrivo. Tutto sarebbe stato piacevole, molto divertente, i tuffi, le remate, i silenzi. Io diversamente da Nina l'eccezione di quella vacanza l'avrei volentieri prolungata, eccome. Avere Gloria sempre vicino, sentirla che non ci perdeva mai di vista, che ci seguiva, stava in ascolto di noi. Godere delle continue conferme del suo amore: una mattina avevo aperto gli occhi e l'avevo trovata in piedi davanti ai nostri letti, che ci stava guardando; finalmente poteva vederci dormire, non succedeva da tanti anni.

Conclusa la giornata di mare, dopo avere ormeggiato il gozzo a uno dei piloni lungo la banchina del molo, Marcos si fermava ancora a sistemare la barca; con la pompetta collegata al pilone di attracco successivo lavava e puliva poppa, prua, le panche, il pagliolo. Poi raggiungeva i marinai seduti a bere al bar, pochi metri più in là sulla gettata di cemento. Ordinava una birra, prendeva posto al tavolino, si intratteneva con loro. Forse compensava lì il senso di frustrazione che gli dava l'essere (per il momento almeno) mantenuto da Gloria. I marinai gli rivolgevano molte domande: destava curiosità, quello straniero in compagnia di tre donne che tutti credevano comporre la sua famiglia, la mamma bellissima con le figlie già grandi.

Marcos beveva ancora, lasciava passare il tempo; avevamo bisogno di stare noi tre sole, lui sembrava saperlo e per quello anche indugiava. La casa che avevamo affittato era tra le più alte sopra il porto, alla fine di un viottolo ripido, poche curve, molti gradini. Da lassù si vedeva per intero la baia, meravigliosa; un susseguirsi di insenature e barche, colori e case, e il mare, vasto e per noi in quei giorni così amico. Rientravamo con Gloria, in fila indiana, sudate e un po' ansanti una volta arrivate in cima – in due occasioni io avevo dovuto inalarmi il Ventolin perché l'umidità dell'aria e quella salita così erta la minaccia dell'asma era come la chiamassero, la sentivo lì a un soffio, letteralmente. E prevenivo, rallentavo, oramai avevo imparato a fronteggiare.

La casa si componeva di due stanze ampie, soffitti a cupola, mura larghe impregnate di un odore misto di umido e olio. Facevamo docce brevi come la proprietaria si era raccomandata data la scarsità d'acqua sull'isola in alta stagione. Poi, vestite e profumate, i piedi abbronzati infilati nei sandali piatti, insieme alla mamma tornavamo giù, al porto. Andavamo a sederci a Santa Maria, su una terrazza/bar affacciata sul mare, la sera che scendeva, riflessi di indaco e rosa sulla superficie dell'acqua. Gli sguardi degli altri avventori erano tutti per la mamma: saltava agli occhi la sua bellezza, anche adesso che era vestita con nulla, un semplice scamiciato di cotone giallo, grandi anelli alle orecchie, sulla bocca un filo di rossetto scuro. Ordinava un Bitter Campari, poi guardando verso il mare «Ah figlie mie, che regalo questa vacanza!» cominciava a dire, commuovendosi da sola. Che dono, era proprio vero. Disponevamo di un tempo insieme, finalmente: non la felicità strappata dei nostri incontri a Roma scanditi dall'orologio, il commiato che sempre incombeva togliendo naturalezza a tutto. Qui le ore erano nostre, fatte di consuetudini che ci era dato inventare insieme. Scambiarsi i vestiti, preparare la colazione, imparare che appena sveglia anche la mamma come Nina era facilmente suscettibile e permalosa. Lavarsi i denti e intanto tra le risate fare smorfie allo specchio. Tempo lieto, che altro non vuole oltre a se stesso. Recuperare, rimediare: di questo si trattava. Riprendere quanto ci era stato rubato. Eravamo una sola cosa, Gloria, Nina e io. Compatte: somma di un'addizione naturale.

Su richiesta della mamma, l'ultimo giorno Marcos ci aveva accompagnate con il gozzo alla spiaggia del Frontone. Ci aveva scortate fino a riva, cavalleresco nell'aiutarci a saltar giù da prua, una alla volta, tutte e tre, tendendoci la mano come ci facesse scendere da cavallo. Poi si era allontanato remando rapido, all'indietro, prima di puntare il gozzo verso ovest e in quella direzione dietro la punta scomparire. Frontone: una spiaggia vera e propria, una striscia di sabbia rovente e affollata come sul continente ce ne sono a centinaia, molta gente, varie file di ombrelloni, praticamente impossibile trovare dove stendere i nostri teli. «Maddi, Nina, che dite ci spostiamo, lo cerchiamo un angolo un po' tranquillo?» Obbedienti avevamo seguito la mamma sulla riva sino al lato opposto della battigia, raggiungendo un punto ridossato e se pure non vuoto di persone, meno chiassoso. Accaldate e assetate avevamo bevuto lunghi sorsi d'acqua dalla borraccia che la mamma ci aveva porto. «Volevo parlarvi», lei aveva annunciato a Nina per chiederle di aspettare a fare il bagno. Alla mamma non ribattevamo mai in quei giorni; pochi secondi ed ecco eravamo prone sui nostri teli distesi sulla sabbia, il sole che ci bruciava la schiena, le teste rivolte verso il mare. Pronte, in ascolto.

Sotto le falde larghe del cappello lo sguardo di Gloria aveva puntato lontano, oltre le barche ancorate in rada. «Sono stata felice in questa settimana» l'avevamo sentita esordire, «felice come non mi succedeva da tanti anni, da quando voi siete nate, posso dirlo e non esagero». C'era un'enfasi in quella dichiarazione, una nota di troppo che alle mie orecchie era risuonata inspiegabile, una sorta di enigma. Parole che come un sortilegio segnavano la fine di un incantesimo. La magia che era stata della nostra vacanza sino a quel momento, lì sulla spiaggia del Frontone si interruppe. La capivo, sì, quella sua urgenza di dire: ma lo stesso nominare le cose ne diminuiva la felicità spontanea, toglieva loro intensità – la mamma avrebbe dovuto saperlo, avevo pensato con rammarico. «Soffro tanto, sapete ragazze; soffro quando a Roma non posso vedervi. Mi mancate in un modo che molte volte è insopportabile. Non ci fosse il lavoro a obbligarmi a rimanere lucida, sempre in attività, penso che sarei impazzita. È un tale strappo, un'ingiustizia così grande...»

Faceva caldo, scalpitavamo, Nina dall'impazienza grattava nervosa col piede la sabbia. La mamma non faceva caso a niente: «Lo sconcerto, la rabbia che provate, io me li immagino. Il peso che vi ho caricato sulle spalle andandomene via: e che ritmo, che tempo diverso sia il vostro a paragone di quello dei vostri coetanei... Ci penso; ci penso ogni giorno».

Per una settimana la gioia ci aveva distratte; ora ecco tutto il peso della nostra anormalità ci ripiombava addosso, riserrando le sbarre della gabbia dorata – e fallata – della nostra vita di «orfane senza esserlo».

«Vado in acqua, vieni anche tu Maddi?» Faceva bene Nina a volersene scappare, con bracciate frenetiche e disperate nuotare così da sciogliere il nodo alla gola, scrollarsi via di dosso l'ingombro della nostra storia di figlie cui Gloria in pochi istanti ci aveva riconsegnate. Nuotare, sì: sarei stata una tartaruga, una tartaruga marina adesso: avrei ritratto dentro la testina, e con il carapace mio scudo avrei nuotato lenta, fluttuando e zampettando via lontano.

Gloria si era alzata, aveva fatto per parlare ancora, con il bikini e il cappello bianchi stagliati sullo scuro della roccia sembrava una diva, una misteriosa, incantevole Cassandra. «Poi vi lascio in pace, promesso, ma una cosa ancora lasciatemela dire, ragazze. Tante volte la mia assenza vi sembrerà come una maledizione, un grande torto che subite. Io però non potevo, questo alla vostra età è giusto che lo sappiate. Non potevo. Non potevo restare. Non sarei stata in grado, non avrei resistito ...»

Avevo guardato Nina, una volta di più era stata lei il

primo pensiero. Temevo la sua reazione, invece mia sorella solo aveva taciuto e sorriso, interdetta quanto me. Un tuffo in acqua, finalmente. Noi in mare: noi nei nostri diversi costumi da bagno, e dissimili i nostri corpi, e opposte noi. Il *crawl* di Nina era molto più rapido del mio ma lei lo aveva rallentato così che potessimo nuotare quasi parallele, per raggiungere il punto dove erano ancorate le barche e dove di lì a poco, timonato da Marcos, sarebbe arrivato *Fides*, il gozzo che era nostro per quei giorni.

Ci sono ma anche no. Ci sono nonostante sia come non esserci stata. E se non c'ero è perché non ero in grado; perché non solo non ce la facevo, nemmeno ce l'avrei fatta. Come una richiesta di assoluzione. Ma era l'ultimo giorno di vacanza, accidenti. A quel grido d'amore, con che voce rispondere?

L'ultima sera a Ponza io e Nina l'avevamo passata sul tetto della casa, il golfo e le luci del porto sotto di noi. Ci facevano da schienali le gibbosità in corrispondenza delle cupole sui soffitti delle stanze. Murati nell'impiantito quattro pali di ferro per stendere il bucato, le lenzuola stese ad asciugare erano umide, emanavano il profumo muschiato del detersivo. Luna calante, un'unghietta sottile nel mezzo di una stellata davvero spettacolare.

«Mi fido solo di te, Maddi. In tutto questo casino, solo di te» mi aveva detto Nina.

Il mare in lontananza era scuro, lo avevo scrutato restando in silenzio. A parlare bastavamo noi, noi lì, sorelle, sotto quella volta nera tra isola e acqua.

«Ci pensi mai» chiedo a Nina, «che coraggio ha avuto la mamma quella volta che ci ha parlato sulla spiaggia a Ponza. Alla fine della prima vacanza con Marcos, ti ricordi?»

«Certo che me ne ricordo. Coraggio, dici tu Maddi? Tanto ragionamento, anche. Voleva sgravarsi la coscienza, la dimensione della vacanza la rassicurava. Attutiva il suo senso di colpa».

Non rispondo. Ultimamente le idee di Nina, i suoi pareri, convinzioni, giudizi, mi toccano meno. Sono un suo problema, mio no. Siamo in taxi, a New York. È Natale e non *Thanksgiving*, ma lo stesso lei s'è intestardita a voler cucinare il tacchino. Così la mattina successiva al nostro arrivo – io stravolta di sonno e jetlag, Pierre, Valentina e Sam lasciati nell'apart-hotel a dormire – ho dovuto scapicollarmi con mia sorella a Fort Greene, tra i banchi del Brooklyn Flea nella Williamsburgh Savings Bank Tower, a comprare gli ingredienti per il *brine* (la marinata in cui mettere il tacchino a macerare) e lo *stuffing* (il ripieno). Una volta preso tutto – alloro, timo, aglio, cipolle, mele, salsicce, sedano, limone, erbe aromatiche, il pane dolce di polenta, la salsa di cranberry – cariche di sacchi e sacchetti ci siamo spostate a Boerum Hill, due fermate di *subway* più in là, nella macelleria ashkenazy dove l'enorme bestia da tre chili prenotata da Nina ci attendeva già impacchettata. Adesso in taxi, imbottigliate in un traffico infernale, aspettiamo di rientrare a casa. «Non farti illusioni, Maddi» insiste Nina, «se mamma quella volta ci parlò era per sé stessa, per nient'altro». Consueti livore e diffidenza, niente cambia in mia sorella. In quegli stessi giorni a New York la vedo nervosa e attaccabrighe con Brian. Una sera, stiamo per lasciare la galleria in Montague Street dove Brian ha tenuto a portare me e Pierre in visita (non venivamo a New York da qualche anno e quest'ultima sede ci mancava); sono quasi le otto, per le nove abbiamo un tavolo riservato da Alfredo, un ristorante italiano segnalato con quattro stelle sulla Lonely Planet. Vale e Sam sono andati nel Queens con un'amica di Brian, siamo solo noi, gli «adulti». Complimenti miei e di Pierre, lo spazio della galleria è davvero bello, ampio, curato nei dettagli, parquet bianco, arredo minimale ma ricercato, led australiani che diffondono ovunque una luce bluastra fantastica. Edera rampicante sul muro di un esagono interno, un cortile storto in cui Brian ha allestito un giardino zen in piena regola, sabbia, pietre, un rivolo d'acqua e sotto il falso torrentello piccole ninfee di plastica; dal lato dell'ufficio ritagliato in fondo al loft una porta scorrevole laccata in nero, tocchi di atmosfera orientale. Dopo le feste di Natale è previsto un finissage, qua e là segni di smantellamento, una grande tela sta adagiata in terra, pennellate di blu intenso, «blu Klein in versione ventunesimo secolo» il commento sarcastico di Brian. Mi piace tutto, quell'amore per lo spazio e per il lavoro, nitore di un progetto in cui so che Brian crede profondamente e Nina insieme a lui. Nina: ci ha appena raggiunti quando mi accorgo che è sbronza. Usciti in strada la vedo che barcolla, più che camminare. Quella sera indossa un cappotto molto elegante di alpaca chiara, con la martingala fermata dietro da due grandi bottoni di osso; stivaletti imbottiti a tacco sette centimetri e su quei tacchi ondeggia, temo proprio che cadrà. Parla rivolta a Brian, riesco a sentire a malapena cosa dice. Gli sta esponendo un confuso ragionamento sulla differenza tra avere un talento e gestire quello altrui. «Parliamoci chiaro» farfuglia «una vocazione o ce l'hai, oppure che fai?» E ride Nina, una risata sfasciata, è proprio ubriaca maledizione. Avrà bevuto con la sua amica Sally: Sally è una producer di pubblicità che mia sorella ha conosciuto nel gruppo di meditazione di Sri Babari. Io non l'ho mai incontrata ma ne ho sentito parlare, pare che Sally lavori moltissimo, una totale *workaholic* che la sera per decomprimere la tensione beve, e il giorno dopo va avanti a caffè doppi per stroncare l'hangover. Avranno bevuto insieme, e non poco, perché Nina è proprio fuori, straparla. «Parassiti dell'arte, questo siamo, amore mio!» la sento che dice ancora rivolta a Brian mentre gli afferra un braccio e insiste, «hai capito? p-a-r-a-s-s-i-t-i», biascica strattonandolo. «Allora, cosa rispondi, eh? il mio dolce parassita dell'arte...» Brian è bravo a dominarsi, non raccoglie le farneticanti provocazioni di Nina, cammina avanti sino a quando non arriviamo al ristorante. Quella scena mi sconvolge. Le tensioni di mia sorella non mi riguardano, posso ripetermelo quanto voglio, ma il punto resta lo stesso: che a me è impossibile non preoccuparmi per Nina, e a lei difficilissimo svincolarsi, gli anni passano eppure si ostina a restare prigioniera di sé stessa. Sul punto di salutarci prima della partenza – a Tribeca, un mattino freddissimo, Nina di lì a poco prenderà il *subway* che la riporta a Brooklin – la guardo, è così inquieta, e così elegante nel suo cappotto di alpaca. Vorrei restare con lei, abbracciarla ancora, non lasciarla. «Mi raccomando eh: non fare stronzate Nina» le dice Pierre. A me anche verrebbe da riempirla di raccomandazioni. Brian, tienitelo caro. Non affrettare, stai calma. Quello vorrei dire a Nina. Nina che spezza, incrina, rovina – non sedimenta mai. Per me è diverso. Io ho costruito: con Pierre una famiglia, con me stessa un carapace, uno scudo di protezione, immunità prudente, un sistema autodifensivo provvisto di un campanello d'allarme per evitarmi i guai. Esile, breve, però una linea io l'ho tracciata: punti fermi in successione.

Vivere con Mylène non aveva alterato in niente il nostro legame di sorelle, anzi dopo la vacanza a Ponza con la mamma e Marcos le nostre complicità e alleanze parevano moltiplicate. Una più una più una: ci univa un'addizione, la stessa che generava il nostro patto. In mezzo a noi due, segno di somma e suo motivo, Gloria, la sua assenza/presenza. Senza l'insieme che eravamo e siamo grazie a lei, penso che io e Nina saremmo cresciute più distanti, separate. Amare insieme la mamma nei nostri modi opposti funzionava invece da comune denominatore. Addizione quella che componevamo, *addiction* la nostra all'addizione. L'addizione genera addizione, e a quel nostro triplice legame eravamo vincolate a filo triplo, ciascuna nel suo modo. Era fonte di energia, approdo di nostalgia, partenza e arrivo, base e mancanza di base. Così come l'addizione è anche peso, tutti i pesi sono addizioni, pesi diversi che sommandosi arrivano a comporre un solo grande peso da portare. Pesava l'assenza, il non esserci di Gloria nella vita di tutti i giorni, pesava la nostra simbiosi di sorelle nelle cui morbose braccia la mancanza di lei ci aveva consegnato.

Per Nina, che io come sorella maggiore prendessi parte alla sua vita era una necessità. Non lo desideravo io, era lei a volermi accanto: le cose che le succedevano sembravano possedere valore solo a misura del mio coinvolgimento.

«Come faccio Maddi, da sola?» Sgranava i suoi occhi verdissimi, ora così, mentre mi pregava, di una bellezza violenta, pericolosa. Ogni volta un turbine, che prendeva in pieno mia sorella ma senza risparmiare me.

Giacomo Barresi lo conoscevamo tutte e due. Per qualche mese era stato nella mia stessa classe, da dove poi lo avevano spostato perché l'inglese insegnato nella nostra sezione lui lo parlava perfettamente, dato che la madre era originaria di Bristol. Spiccava tra gli altri ragazzi per qualcosa di non convenzionale; uno che già pensava con la sua testa. Gesti sicuri, comportamenti e modi che parevano più ampi rispetto alle mentalità degli altri compagni. Una pioggia di ricci gli copriva la fronte nascondendo gli occhi, vestiva sempre di scuro; sola nota di colore, dei jeans color ruggine che tutti a scuola trovavamo sensazionali, mai visti prima portare a nessuno. Incuriositi l'uno dall'altra, lui e Nina: nella pausa della ricreazione finivano sempre vicini, sebbene senza parlarsi. La sfrontatezza solita di Nina si dissolveva davanti a quel compagno di scuola così diverso dagli altri: nessuna sicumera con Giacomo Barresi. A me vedere mia sorella tanto timida, impacciata, procurava un senso di tenerezza e rabbia insieme. Da parte di Nina erano istinto o tattica studiata, quel silenzio, quella ritrosia? Non mi raccapezzavo. Lui, Giacomo, appoggiato al muro del cortile stava a guardarla serio, impenetrabile, mai un sorriso. Sospettoso e affascinato. Via via più attratti, come due calamite; che qualcosa sarebbe successo tra loro era facile supporlo. Cercavo di non curarmene, eppure mi domandavo spesso come sarebbe andata.

Cominciarono a frequentarsi. Subito nodi, tormenti; poca felicità. I silenzi di Giacomo indispettivano Nina; lui, sebbene spaventato dalle esuberanze di lei, le andava dietro. A una festa di compleanno mia sorella si era ubriacata con il rum e coca-cola ed era stato Giacomo a riportarla a casa a spalla, lei terrorizzata all'idea di vomitare e rovinare tutto (invece non vomitò). Ero scettica. Non si fidavano l'uno dell'altra, non per davvero, né ognuno abbastanza di sé stesso. E senza mutua confidenza, dove potevano arrivare?

Giacomo prese l'abitudine di venire da noi i sabati pomeriggio. Abitava a Trastevere, veniva a piedi, raggiungendo Monteverde da via Garibaldi e oltrepassato a destra il Fontanone del Gianicolo costeggiando Villa Pamphili lungo via Fonteiana. Gliel'aveva insegnata il padre, quella strada; percorsa insieme una volta, e da allora Giacomo la faceva a memoria, spedito. Era figlio unico, i genitori lo avevano abituato presto a cavarsela. Un ragazzino indipendente e solitario. Arrivava da noi senza mai trovare Nina ad aspettarlo, eravamo io e Mylène ad accoglierlo. Mi sembra di rivederlo, sprofondato in uno dei due grandi divani rivestiti di velluto color malva disposti a elle al centro del nostro salotto. Un po' teso sfogliava una rivista – papà ci aveva regalato l'abbonamento sia a «Focus» che a «National Geographic», ne contavamo ormai molti numeri disseminati in giro per la casa. Oppure, se non leggeva, Giacomo chiacchierava con Mylène; parlavano di Nantes, la città di lei dove lui giusto l'estate prima era stato in viaggio con i genitori. Mylène si era molto sorpresa della coincidenza: «Che curioso, con tanti luoghi del mondo, proprio Nantes...». «Ma no, niente di strano» lui aveva ribattuto in tono sicuro, «come spesso succede agli inglesi, mia madre è fissata con la Francia: adora girarla in lungo e in largo e fare paragoni» – e si era messo a elencare regioni, località, campagne francesi visitate con suo padre e sua madre. Giacomo: così spigliato, spiritoso – nessuna traccia del ragazzo impenetrabile e torvo di quando era a scuola e Nina gravitava nelle vicinanze. A Mylène lui piaceva molto, era evidente; io intenerita pensavo con malinconia che i modi educati e disinvolti di quel ragazzo sarebbero stati apprezzati ancora di più da nostra madre se ci fosse stata.

Me, mi salutava appena. Lo imbarazzavo. Pesava su entrambi il ricordo di un momento vissuto insieme a scuola il precedente inverno. Ore di un primo pomeriggio, dagli alti finestroni dell'aula lo spettacolo di una giornata grigia, sagome scure di alberi spogli, il rosso di un'insegna del supermercato che faceva angolo con il nostro edificio. Due lunghe ore seduti vicini a preparare un'interrogazione di geografia – la professoressa ci aveva messi in coppia per una tesina. Io china sul manuale De Agostini stavo leggendo ad alta voce un paragrafo sulle risorse agricole del Malawi, le virtù del *sisal*, tipo di agave sfruttato nel tessile... quand'ecco avevo sentito gli occhi di Giacomo puntati su di me, insistenti. In un silenzio sospeso avevo ricambiato quello strano sguardo. L'attrazione certe volte è un istante, il fremito di un tempo brevissimo. Svelta avevo ripreso a leggere, ma quel momento era stato traccia di una scia definitiva, perché nessuno di noi due lo aveva dimenticato, capivo ora ritrovando Giacomo in casa in veste di fidanzato di mia sorella.

Veniva ogni sabato sera, dispiaciuto e un po' nervoso di non trovare sulla porta Nina. Io il disagio che a entrambi noi procurava quel ricordo cercavo di trasformarlo, renderlo una nostra complicità silenziosa, un piccolo segreto appartenente al passato e che a suo modo, senza pesantezza, poteva servire al presente. Giacomo no, lui solo mi evitava.

Nina era imbellita nell'arco di poche settimane, me ne accorgevo osservandola davanti allo specchio provare vestiti, scarpe, acconciature dei capelli – oltre alla coda di cavallo uno chignon, delle trecce. L'attesa di Giacomo il sabato era sempre occupata da quei preparativi ansiosi. Nello scegliere, lei preferiva sempre gli stessi vestiti, una gonna di jeans abbinata con un body giallo («il giallo portalo più che puoi, Nina, va benissimo con il verde dei nostri occhi» le consigliava la mamma); oppure un abito grigio argento di tessuto stretch che fasciandole le forme la ammantava di un fascino precoce e conturbante. Si sentiva suonare al citofono, io felice per Nina piombavo nella sua stanza ad annunciarglielo. «Sbrigati, dài, guarda che sta salendo, tra poco è di là!» Ma mia sorella nel frattempo s'era messa di malumore, e dardeggiando il suo sguardo più truce mi chiedeva di andare io ad aprire. Aveva aspettato quel momento con troppo ardore e la cosa la rendeva scontenta di sé, per quello era in collera e scontrosa.

«Tu resti, Maddi» mi comandava poi con tono intimidatorio quando anche lui poteva sentire. Mi voleva accanto adesso, così come le ero stata vicina prima, aspettando. «Sorelle lo si è sempre» intimava minacciosa commentando più tardi, quando eravamo sole, quel suo avermi voluto convincere a rimanere. «Sorelle lo si è sempre»: più che un ricatto, una condanna. Insieme Giacomo e lei, e quando io facevo per allontanarmi – ero di troppo, lasciarli soli mi sembrava ovvio, quanto di più naturale – Nina di nuovo fulminandomi con gli occhi mi intimava di restare. E io controvoglia rimanevo.

Più bella da quando frequentava Giacomo, sì, ma anche sciupata, Nina. La presenza di lui la metteva in uno stato di apprensione che la tendeva. Luce e febbre, questo lui le procurava.

«Sei un po' pallida Ninuski; è l'amore che ti fa quest'effetto?» mi sforzavo di prenderla in giro quando restavamo sole, senza che tuttavia Nina desse segni di divertirsi al mio scherzo. «Cosa dici Maddi, tu che ne sai di come mi sento io...» Cupa nel tono, non un raggio di ironia negli occhi.

Maltrattava Giacomo, lo provocava. Erano in disaccordo: lei voleva uscire, lui non voleva. Lei accendeva la radio, lui le chiedeva di spegnerla. «Che sei venuto a fare se neanche vuoi ascoltare della musica, scusa?» obiettava Nina, il tono della voce acuto, già isterico. Giacomo zitto, senza reagire.

«Forza bello, allora mi porti fuori, o no?» lo pressava: esasperante, esasperata. Per noi – Mylène e io – quei modi acidi erano abituali. Niente di nuovo: come accade anche adesso, il disagio in Nina assume forma di sfida: la polemica non è attacco per lei, è difesa, è carapace. Ma Giacomo ignaro trasecolava, non la capiva, s'indispettiva. «Sono stanco adesso, ho fatto tutta quella strada a piedi... andiamo piuttosto a riposarci un po' in camera tua, dài» – e con un cenno ammiccante indicava la porta della stanza di Nina in fondo al corridoio. Lei rideva, una risata sguaiata mentre in piedi si ritoccava il trucco ammirandosi nel grande specchio che era all'ingresso. La civetteria è l'arma più potente di mia sorella, sempre: la sua provocazione più infallibile.

«Andare a riposare? Io non sono affatto stanca!» – e subito cercava il mio sguardo alleato, la prova di un'intesa esclusiva di sorelle da cui Giacomo fosse tagliato fuori. Non la trovava; io facevo muro.

Vinceva lui perché non uscivano, vinceva lei perché non si appartavano. Rimanevano invece lì nel salotto, davanti alla televisione accesa e tenuta fissa su MTV, stravaccati sui divani, senza sfiorarsi né quasi rivolgersi la parola. Ogni tanto Giacomo provava a essere tenero, a stringersi a Nina, ma lei con una scusa subito si sfilava via. Io affaticata da quei teatrini andavo a chiudermi nella mia stanza/fortezza. Mylène provava ad allentare la tensione di nuovo intrattenendosi con Giacomo – argomenti non mancavano, le coincidenze erano più d'una, compresa quella che la madre di Giacomo come Mylène aveva studiato l'italiano a Perugia, in anni diversi ma con uno stesso bravissimo insegnante sul quale Giacomo conosceva vari aneddoti.

Avevano durato in tutto tre mesi, Giacomo e Nina. Del perché di quella rottura a mia sorella non avevo fatto domande, né lei mi aveva raccontato. Giacomo Barresi smise di venire in casa nostra e da quel momento a scuola, quando succedeva che si incrociassero durante la ricreazione, lui e Nina si salutavano a malapena. Mi immaginavo che lei avesse dato il peggio di sé. Data la freddezza in cui ora versavano i loro rapporti mi ero figurata l'aggressività di mia sorella, sino a che punto Nina potesse essere stata distruttiva, devastante. In casa il nome di Giacomo non era stato più pronunciato. L'anno dopo lui aveva lasciato la nostra scuola; sentii dire che i genitori si erano separati e che si era trasferito a Bristol insieme alla madre. Che il ricordo di quel ragazzo avrebbe sempre trovato posto nei pensieri di Nina, e anche nei miei, ero già sicura. Per entrambe una possibilità naufragata, un diverso ma uguale cammino interrotto. Ero grande abbastanza per sapere quanto siano le occasioni perse, molte volte, quelle che si depositano in noi più in profondità.

Molti ricordi, se andrò sul terrapieno. Anche di Bruno. Perché poi è arrivato Bruno, nella vita di Nina.

Bruno era un jogger. Tecnico informatico, ma correre contava per lui molto di più. Andava sul circuito verso sera, lui anche come noi molto regolare negli allenamenti. Con Nina si incontrarono lì, sul quel gigantesco rettangolo sopraelevato scelto da tanti sportivi tra i vari luoghi possibili di Villa Pamphili. Per primo l'aveva notata Bruno; difficile non accorgersi di Nina, talmente era bella quando correva, il viso lasciato scoperto dai capelli raccolti sotto la bandana, gli occhi in contrasto con la chioma corvina, le gambe perfette nello slancio del movimento e nella tenuta nel ritmo. E l'energia che anche ora quando fa jogging si sprigiona da lei, trasfigurandola per come risveglia i suoi sensi, tutti i sensi: la donna che Nina è, nello sforzo fisico affiora e fiorisce, rendendola in armonia con sé stessa come mai altrimenti succede. Perché la perseveranza che dimostra nello sport è opposta alla volubilità con cui affronta la vita. Quando si allena Nina è luminosa e costante, là dove di solito è capricciosa e ondivaga. Sul terrapieno era capace di macinare chilometri, ripetendo decine e decine di volte il percorso del circuito senza mollare mai. Sollecitata da Mylène ora si allenava anche nelle «ripetute»: scatti accelerati, ogni volta aumentando di poco il tratto di corsa e la velocità, per poi recuperare rallentando gradualmente sino a riportare il respiro al suo ritmo naturale. Una manciata di minuti di pausa, due o tre posizioni di stretching per rilassare cosce, polpacci, giunture delle anche – poi ricominciava. L'attitudine: ecco cosa conta in uno sportivo, ed ecco cosa di Nina aveva colpito Bruno. Quella ragazza alta con la bandana, tanto concentrata, centrata, determinata. Speciale.

Dopo la vicenda con Giacomo – un primo amore abortito, finito prima ancora di sbocciare – Nina senza saperlo era in cerca di un evento riparatore, che tornasse a infonderle un po' di speranza. La vedevo malinconica, le sere che dal divano mentre si sforzava di leggere mi ascoltava suonare il pianoforte. Aveva voglia di un amore, lo sentivo: incontrare qualcuno di simile a lei, non frustrante per quanto diverso nel carattere.

Affini lei e Bruno lo erano davvero, Nina ne ebbe presto un sentore che si dimostrò giusto. La vita la attraversavano allo stesso ritmo, a uguale passo – di corsa, e non solo. Dieci anni più di Nina, da tre era sposato. Lui glielo dichiarò serio, al tavolino del bar di Porta San Pancrazio dove su proposta di lei una sera erano andati a sedersi dopo l'allenamento. Già era successo che lui e Nina si fermassero a chiacchierare sul bordo del circuito. «Vi raggiungo a casa» lei diceva a me e Mylène con un cenno sbrigativo così da farci allontanare e rimanere sola con Bruno. Parlavano sudati e ancora trafelati, le endorfine in circolo li rendevano disinvolti, ogni pulsione del corpo fluiva via nella fatica e non c'era ragione di controllarla attraverso pensieri in eccesso. Era facile, argomenti di conversazione affioravano spontanei: lo sport (Bruno era molto esperto di «ripetute»), ma anche tanto altro. Era stato in nome della facilità di quei brevi scambi occasionali che Nina s'era azzardata a proporgli l'aperitivo. Invito che Bruno aveva accettato con una certa riluttanza: «Va bene, andiamo, con piacere. Però posso restare poco, giusto un momento, mia moglie mi aspetta». C'era di che capire già tutto, ma mia sorella aveva sorriso e fatto finta di niente: ostinata a ottenere qualcosa da quell'uomo che, era evidente, avrebbe potuto darle pochissimo.

La moglie aspettava un bambino e la gravidanza era quasi al termine. Bruno glielo aveva detto non appena si erano seduti al tavolino del bar, nel piccolo ridotto triangolare affacciato sull'arco della Porta San Pancrazio e più oltre su uno dei panorami di Roma più spettacolari. Parlava tenendo fisso lo sguardo non su mia sorella ma su una parete zeppa di cartoline spedite da tanti luoghi del mondo. A lei in quel momento era sembrato a pezzi, «un uomo sull'orlo di un abisso» mi aveva confidato quando s'era decisa a raccontarmi del suo amore clandestino. Me ne aveva parlato una domenica. Tornavamo a piedi da un pranzo con Gloria al ristorante. «Che hai, Nina?» la mamma le aveva chiesto a più riprese mentre eravamo a tavola; perché Nina non parlava, mangiava a fatica, si vedeva che non stava bene e che era completamente altrove con la testa. Distratta, forse preoccupata, e tuttavia raggiante. Quando frequentava Giacomo era imbellita, ma ora che in segreto si incontrava con Bruno era davvero stupenda. «Niente, mamma, non ho niente...» insisteva a negare, seria seria. Invece salutata Gloria, mentre un po' meste camminavamo verso casa, ecco la verità di Nina, tutta diversa dalle risposte evasive date durante il pranzo.

L'avevo ascoltata. Diversamente da lei non avevo amori e neppure avevo mai fatto l'amore, ero vergine. Non disponevo di strumenti per capire, ma lo stesso quella domenica lo stato delle cose mi era apparso chiaro: un'invisibile dipendenza si era impadronita di Nina e la guidava. Una nuova *addiction* – a un uomo, all'emozione che le dava vederlo, pensarlo – amarlo. Primo pomeriggio di tempo mite, l'aria profumava, l'inverno era alle spalle, lo si indovinava da qualche gemma che faceva capolino sugli alberi, dalla luce molto chiara, pronta a protrarsi sino a sera adesso che era scattata l'ora legale. «Ti ricordi Maddi, sai quel tipo con il quale ultimamente corro, quello alto?» Per me bastava così, era tutto già detto. «Ci stiamo frequentando da un po', e...» Mio istintivo rifiuto: se l'amore era quel nervosismo, quel tremore che sentivo nella voce di mia sorella, allora non mi interessava, non volevo saperne. Una fortezza non cede, non cerca tormenti, ogni minaccia di eccesso trova come respingerla indietro. Non mi innamorerò mai, né permetterò che nessuno si innamori di me, avevo pensato quel giorno mentre con sforzo, controvoglia la ero stata a sentire.

«Entriamo in Villa, ti va? Stiamo poco Maddi, promesso, giusto il tempo di tranquillizzarmi un po'...» Pochi metri della passerella asfaltata ed eccoci sul «nostro» prato, quello che digrada una volta oltrepassato l'arco dei Quattro Venti. Sedute a gambe incrociate una di fronte all'altra, occhi negli occhi – adombrati quelli di Nina mentre si confidava. «Il sesso è fantastico con Bruno. Pazzesco come ci capiamo, come i nostri corpi proprio parlano una stessa lingua». Cercava il mio sguardo senza trovarlo, doveva avere intuito il mio disagio ma non se ne curava. «Lo so che è sposato; però stiamo troppo bene insieme, Maddi, e io all'idea di chiudere proprio non ce la faccio». Una nuvola passeggera aveva velato il chiarore del cielo, il paesaggio verde a un tratto era parso cupo. Luce che mi rispecchiava: era triste sentire Nina trascinata a quel modo da segrete correnti, oscure dipendenze. «Dove vi incontrate, scusa?» era stata la mia sola domanda – l'unico dettaglio che mi intrigasse, di quel segreto che non avrei voluto ascoltare. Si incontravano nello studio di un amico di Bruno partito un anno prima per una missione di lavoro come progettista agronomo in Gambia. «Un appartamento piccolo, carino, non lontano da qui – a Testaccio. Faccio sempre una doccia prima di lasciare la casa, gli asciugamani sono puliti, soffici, i più profumati che abbia mai usato. Poi sai Maddi, Bruno ogni volta mi riaccompagna in macchina... e arrivati qui sotto aspetta che io sia entrata nell'androne, e quando mi volto indietro, lo vedo che mi sta mandando un bacio, le dita premute sulle labbra poi appoggiate sul vetro della macchina, come per toccarmi... toccarmi ancora. Ogni volta lo stesso gesto, quella delicatezza galante dopo tutta l'intensità violenta che è stata prima, mentre facevamo l'amore...» Forse pioverà, meglio se rientriamo, ero stata sul punto di dirle. Invece la nube passeggera s'era allontanata, era spuntato anzi un po' di sole mentre Nina imperterrita aveva ripreso il suo racconto: «... e io salgo su, mi siedo a tavola con te e Mylène, parlo con voi, riprendo la mia solita vita – e intanto il mio corpo ancora trema di emozione, e il cervello già si è messo ad aspettare, contare il tempo che mi separa dal prossimo incontro con Bruno».

Avevo un po' di affanno, doveva essere per via del forte tasso di umidità che cominciava a mancarmi il respiro; persino il «nostro» prato, così ampio e verde, ora mi opprimeva. «Tra poco, quando gli nasce il figlio, lui si allontanerà, Nina. Preparati, perché non andrà diversamente da così». Buon senso, realismo, dopo tante romanticherie un po' di sano raziocinio. Questo una fortezza ha da offrire, nell'emergenza di una tempesta emotiva: la verità. Sarebbe stato un abbandono banalissimo, da copione: travolto dai suoi sentimenti di neo-papà, Bruno avrebbe preso le sue distanze. Quella e nessun'altra la prospettiva per il loro amore clandestino; punto, fine della storia.

Mia sorella era rimasta a guardarmi, attonita. Avrei preferito mille volte vederla in preda alla collera e vendicativa, anziché svenevole e melodrammatica come si mostrava ora. «Quest'uomo se ne va» avevo ribadito, animata da una vena un po' sadica di cui mi rendevo conto io per prima: «Tieniti pronta a metterci una bella croce sopra, perché questo ti molla, Nina». L'amore non mi interessava, ma la realtà sì, eccome, e pretendevo da mia sorella che lei anche sapesse guardarla per quel che era. Del resto se aveva sentito tanto forte il bisogno di coinvolgermi, dopo settimane mettermi infine a parte della sua storia d'amore, era perché Nina l'impatto violento ma liberatorio della disillusione lo stava cercando. Snebbiarsi: non se ne rendeva conto, eppure anche lei quello voleva per sé stessa.

«Che diamine ha, tua sorella? Quand'è che si riprende?» mi aveva chiesto Seba prima di ripartire per Milano, mentre lo accompagnavo in garage. Non era il solo: preoccupata dal cambiamento di Nina, anche alla mamma era venuto spontaneo consultarsi con me, e affidarmela.

«Trova tu il modo per parlarle, Maddalena, solo tu lo puoi fare. Presto ci sono le sfilate Gucci, davvero sono strapiena di lavoro in questo momento; ma tu perfavore, Maddi, falla ragionare. Tua sorella bisogna che studi, che oltre all'impegno nel jogging ne mostri anche a scuola... Se sono pene di cuore, come credo» aveva aggiunto con severità, «allora a maggior ragione non dovrebbe perderci tempo».

Le andate serali a Villa Pamphili avevano perso di allegria, erano diventate macchinose, pesanti. Nonostante Bruno e Nina fossero bravi a non mostrarsi intimi – correvano distanziati, evitandosi e non rivolgendosi la parola – a me che sapevo la verità era tutto chiaro. Facevo la mia sequenza di esercizi vicino a una panchina sotto a un pino, faticando però a trovare la concentrazione. Nina mi sfrecciava davanti, bella e sicura di sé come sempre; ma era nervosa, sulle spine, io me ne accorgevo e sapevo il perché. Si slogò una caviglia e dovette restar ferma, astenendosi dal circuito per dieci giorni. In casa soffriva, passava le giornate sul divano incollata davanti alla televisione senza rivolgere la parola né a me né a Mylène. Le mancava Bruno e nemmeno poteva chiamarlo. Io ero preoccupata, più ancora dei nostri genitori. Quel suo amore segreto mi pareva un vicolo cieco, una situazione senza sbocchi. E una minaccia anche per me, per noi.

Alla visita successiva papà era tornato alla carica: «Insomma, ma si può sapere che cos'ha, Nina? La vedo tanto strana, come assente, catturata... non è che si fa le canne?» Un drogato altro non può che vedere motivi di droga negli squilibri altrui, io avevo pensato arrabbiata. Con papà Nina era molto più gentile adesso, nei fine settimana in cui lui veniva da noi. «Che bocconcini, mmmh!» gli diceva sedendosi a tavola e assaggiando i suoi manicaretti. Che erano sempre più ricercati: calamari con i piselli, fegato alla curcuma, gnocchi al pesto spruzzati di bottarga, tortino di broccoletti e acciughe, trota salmonata con riso basmati allo zafferano. Le cose non erano cambiate, Seba continuava solerte e invadente a impadronirsi della cucina di via di Villa Pamphili e i pranzi e le cene nei «suoi» week-end erano una festa di sapori, infine apprezzata da entrambe noi figlie. Se non che quella di Nina era una cortesia di superficie, scelta per convenienza così che venisse lasciata in pace sul resto. Molta amabilità ma solo per fare muro. Perché non ci si accorgesse di lei, di quanto era travolta, distante; innamorata.

Gloria telefonava. «Spostati nell'altra stanza Maddi, sii brava, non voglio che Nina ti senta». «Ok, sì… ecco mamma, sono andata di là».

«Che c'è, insomma, chi è che la fa stare così? Aiutami a capire Maddalena, sono sicura che tu puoi».

«Non so nulla, mamma, davvero. Sarà stanca Nina, corre troppo. L'eccesso di attività sportiva può causare depressione, ho letto un articolo su "Focus" su questo proprio poco tempo fa».

«Macché, no: si tratta di altro, ne sono sicura. È tua sorella, una qualche idea l'avrai pure, perché non vuoi dirmela Maddi? Dài, che ho appuntamento con l'addetto scenografo della sfilata per una prova luci, tra pochissimo, c'è già fuori il taxi che mi aspetta…»

Tacevo. Io nel mezzo: più che fortezza, ponte, in quella fase. Tramite e raccordo tra Nina e il mondo. A tutti i costi volevo restarle fedele, rispettare il segreto di quel suo amore con Bruno di cui nessuno doveva sapere.

«Catturata», Seba aveva detto bene. E catturata anch'io nella trappola della mia alleanza: tener fede al nostro patto di sorelle mi prendeva una dose enorme di energie.

Andò come io avevo pronosticato. Nacque il figlio di Bruno; tempo qualche giorno e lui aveva recapitato a Nina un biglietto in cui le comunicava che non poteva più incontrarla. Non se la sentiva, tutto era «troppo difficile e assurdo da gestire». Lei era corsa a raccontarmelo: era sera, mi stavo spogliando per andare a dormire. Nina a sua volta era già in camicia da notte, la sua più bella, di seta bianco avorio, le bretelline che le scivolavano di continuo scoprendo il seno e che lei rapidissima ritirava su ogni volta. Piangeva mentre diceva: «È pazzo, si suicida così; non è quella la sua vita Maddi, te lo garantisco». Poi aveva voluto spostarsi fuori, sul terrazzo, la notte umida, le luci del Gazometro in lontananza, noi affacciate a guardare, sulle spalle i plaid usati come scialli. «Privarsi di una passione così, come si fa? È come togliersi un braccio… come vivrà lui?» Nina in cerca di una consolazione che io non sapevo offrirle, e non solo perché ero ignara delle cose dell'amore, anche perché il suo era un delirio che non mi riguardava: quella perdita di controllo, quella trasfigurazione, quella debolezza, di nuovo mi ero ripetuta che preferivo non provarle mai. E quella passione che sconvolgeva mia sorella si era insinuata tra noi, ci separava. Cosa avrei dato per tirarla via dalla sua infelicità, ma anche da quei tremori sentimentali.

Dove finivo io e dove cominciava Nina? Anche adesso che viviamo lontane, ai due capi del mondo, ci sono giorni in cui sento riaffiorare la vertigine di quell'interrogativo. Come io fossi lei, e lei me. Sconfortante indistinzione. Non mi trovo, me, Maddalena, persona singola staccata da mia sorella; me prigioniera di una simbiosi che anziché diminuire, liberarci, con il passare del tempo si fa più forte. La faglia che separa noi due tanto contigue resiste a frantumarsi. Nina è così tanto della mia vita: la abita, quanto io abito la sua. Soffriva, soffrivo con lei.

Ora che desidero tornarci in visita, per la prima volta da quando l'ho lasciata Roma mi manca. Nostalgia nuova, sconosciuta. Sinora la città mi era sembrata un capitolo finito, un sussulto concluso del passato. Adesso scalpito di rivederla, impaziente di riannodare con lei un patto. A Parigi abito da più di vent'anni, senza che mai sia riuscita a sentirmi parigina. «Riuscire» non è il termine esatto, perché integrarmi non è mai stata una mia ambizione. Già, espatriare nel mio caso non è stato un desiderio: una necessità del cuore, piuttosto, spontaneo bisogno di raggiungere Pierre, spartire la vita con lui. Sebbene Parigi rappresenti un paesaggio ormai consueto, che mi piacesse sino in fondo poteva succedere e invece non è accaduto. C'è il calore generato dalle abitudini, la soddisfazione di conoscere a memoria intere porzioni di quartieri, soprattutto del *dix-septième* arrondissement, lì dove abitiamo. La rapidità efficiente con cui ho appreso a pianificare la vita quotidiana (l'*emploi du temps*, valore sacro qui, nevrotizzante tanto quanto fine a sé stesso). Con pochi clic di mouse so selezionare i migliori film e spettacoli teatrali, individuare sulle mappe le traiettorie migliori per gli spostamenti sia a piedi che con i trasporti pubblici. La città la domino così, padroneggiandone le possibilità e i codici sociali, conoscendone i limiti, i pregi, le occasioni. Qui sono nati i miei figli e qui li ho allevati; qui scorre il mio tempo, senza che nulla, in diciannove anni, sia riuscito a diventare per me importante. Fatta esclusione della mia famiglia e di pochissime amicizie (Leyla, solo lei praticamente), non ho nulla che conti per me in questo luogo. Sul nuovo terreno la radice non ha attecchito, né Pierre ha mai spinto perché accadesse – il rapporto con questo mondo straniero per lui è rimasto una questione mia, da affrontare sola. Pierre del resto poco sa delle mie giornate, e poco domanda. Si mostra curioso se sono io a raccontargli un fatto, un incontro, altro di interessante che ho visto. La sola cosa che altrimenti abbia un valore, per lui e anche per me, è il nostro *ménage*. Trovarsi a cena tutti insieme, quando io e lui non dobbiamo partecipare a serate mondane. E i fine settimana, dolci parentesi di vita domestica per decelerare i ritmi faticosi della città e trovare riposo.

Vita solitaria, la mia. Il solo periodo di non isolamento risale agli anni della prima infanzia dei miei figli, quando l'impegno della maternità era totale, in termini di tempo, di spazio: di tutto. Mamma a trecentosessanta gradi – è stato in quella fase che ho frequentato qualche persona, altre madri, padri, madri soprattutto, come me sposate, o separate, o mamme single. Con loro mi sono legata di amicizie effimere ma intense, chiare nelle loro opportunistiche intenzioni, spicce nei modi perché subordinate a mutue necessità. Stessi orari, stesse puntate al Parc Monceau dopo l'uscita dalla scuola materna. Inviti a compleanni, a merende nei fine settimana; caffè trangugiati in fretta nel viavai di andate e venute. Trovarsi simpatici per obbligo, perché sono stati i bambini a scegliersi. Socialità coatta eppure a suo modo nutriente, cui mi capita di ripensare con nostalgia. Ma altrimenti, è una grande solitudine quella che vivo. Per qualche tempo a Parigi c'è stata Sandra, una mia compagna di scuola di Roma trasferitasi per uno stage in uno studio di architetti; con lei uscivo, ma dopo un paio d'anni che era qui si è innamorata di un fiorentino ed è tornata a stare in Italia. Ci sono le mogli dei colleghi di Pierre, signore eleganti che a ogni occasione mondana mi lasciano il loro numero di telefono, nella speranza che io le chiami e che uscire con me possa fungere da diversivo nella loro agiata vuota vita. Io però non le cerco mai; c'è Pierre con i suoi modi sempre squisiti a controbilanciare, e poi c'è che la libertà di starmene nel mio carapace Pierre me la lascia sempre, posso star sicura che di non essere abbastanza affabile lui non mi rimprovererà mai.

Sola eccezione in tanta scarsità di contatti è stata Anouk, una signora che si trovava a Parigi come addetta culturale dell'Ambasciata turca. Con lei per un po' ci siamo frequentate: ero a mio agio, ridevamo parecchio e ci piacevano cose simili, compreso il ristorante berbero in rue de Babylone dove ci eravamo date appuntamento per pranzo, la prima volta e poi le successive. Anche Anouk sportiva – nuotava. Trovavo bello il suo viso spigoloso, gli occhi bistrati; prima del trasferimento a Parigi era stata interna all'Ambasciata di Ankara, i racconti del suo paese erano molto interessanti per me che ne sapevo poco e niente. Sino a quando, al quinto o sesto incontro, non si è messa a parlarmi di sé, del suo matrimonio. Io non avevo alcuna voglia di confidenze al femminile, mi andava bene che tutto restasse piacevolmente in superficie come era stato sino a quel giorno. Invece Anouk s'era fatta seria, quasi grave; anche i suoi lineamenti– il mento, gli zigomi, il naso appuntito – a un tratto anziché belli mi erano sembrati imperfetti, appesantiti. Il marito si era trasferito a Parigi con lei, mi ha detto, ma si trovava male: era notaio, lui, e il lavoro in Francia non era stimolante, di altro non si occupava se non di atti consolari e relative traduzioni giurate, mansioni troppo modeste per lui. Si sentiva frustrato, insomma; e loro come coppia non funzionavano più, avevano in comune poco, sempre meno. «Mi annoio tanto Maddalena, se tu sapessi...» ha commentato, mesta. Avevamo ordinato entrambe una tajine di pollo, ci era appena stata servita in piatti fumanti con relativo coperchio a cono di ceramica variopinta. «Sì, mi annoio, e quanto desidererei una compagnia, non puoi immaginare...» L'ho guardata dubbiosa, intuivo che stava cercando di dirmi altro. «La compagnia di una persona come te: acuta, saggia, capace di ascoltarmi, seguirmi...» Mi fissava con insistenza, me ne sono accorta nonostante la poca luce della saletta del ristorante. Ero molto a disagio, di più quando mi è parso che lasciando scivolare sulla tovaglia la mano Anouk stesse cercando di sfiorare la mia. D'istinto sono arretrata sulla sedia, «mi spiace, così arriverò in ritardo accidenti!» ho esclamato nel gesto di guardare l'orologio; e lasciando nel piatto quasi intera la mia tajine sono corsa ad afferrare il cappotto per andarmene in tutta fretta. Alla cassa ho pagato la mia parte, rapidissima ho raggiunto la stazione di metropolitana a Sèvres Babylone, e sono tornata a casa. Non ho risposto ai messaggi che Anouk mi ha scritto nelle settimane successive. Non ci siamo mai più viste né sentite. Mi sono chiesta il perché di quella mia reazione assurda, di quel terrore. Ho pensato che aveva a che fare con Nina; che esiste un grado di intimità femminile da cui mi viene spontaneo scappare, perché nella mia testa la vicinanza è territorio esclusivo di noi due sorelle: qualcosa di irriproducibile altrove.

Quando i figli erano piccoli le giornate mi sgusciavano via dalle mani, frenetiche e zeppe di commissioni, impegni, attività, continue incombenze interrotte da altre più urgenti sopravvenute nel frattempo. Vita di mamma: frammentata, dispersa e per quello stancantissima, giorni troppo lunghi e iperattivi per non lasciarmi, arrivata la sera, sfiancata e con energie minime da dedicare sia a Pierre che a me stessa. Poi, a proporzione del crescere di Sam e Valentina, quel ritmo ha rallentato la sua corsa; di nuovo ho avuto tempo a mia disposizione, insieme al privilegio e la libertà di disporne come meglio credo.

È un piccolo rituale: ogni mattina Pierre e i ragazzi fanno insieme il tragitto da casa alla fermata della metropolitana (La Fourche). Pierre poi torna indietro, al nostro portone, lì dove l'autista dell'Unesco lo aspetta per portarlo al lavoro. Congedati tutti, io resto sola. Tempo e spazio improvvisamente dilatati, sino al pomeriggio quando l'ingranaggio del *ménage* riprende il suo ben oliato meccanismo di funzionamento, i ragazzi tornano da scuola (prima Sam, Vale in genere resta un po' in giro con le amiche e due volte alla settimana va a basket), io in attesa del ritorno di Pierre mi dedico alle restanti faccende non affrontate la mattina.

Non mi annoio mai. Suono, almeno mezz'ora al giorno: il tempo al pianoforte non è essenziale come quando vivevo in Italia, ma per un misto di senso del dovere e di nostalgia non mi decido a rinunciare alla musica. A farmi vincere la noia conta che mi muovo tanto. Cammino moltissimo. Ho scarpe adatte, di quelle che hai l'impressione ti mettano le ali ai piedi. Rebook, Nike, New Balance – nel corso degli anni ne ho sperimentati molti modelli e marche. L'insegnamento di Mylène non si è sbiadito: l'attività fisica anche a Parigi ho fatto in modo di valorizzarla, renderla una presenza quotidiana costante. Attivare il corpo: disciplina, sponda. In questa mia vita solitaria della tenacia nel dinamismo fisico ho fatto il mio scudo. Il mio carapace – carapace, cara pace.

A parte Leyla, con la quale continuo a rinnovare il piacere di un'amicizia adulta, disinteressata, paritaria, non ho relazioni. Credo di essere io a evitarle: quelle ore senza nessuno sono un bene che preservo intatto. Sto sola, e cammino. Percorro la città da nord a sud; in largo è sterminata, ma attraversata lungo l'asse verticale, da Porte de la Chapelle a Porte d'Orléans, sono appena sette chilometri. Lo sforzo per tenere il ritmo veloce del passo attutisce l'insofferenza che mi procura la geometria ossessiva dei reticoli di strade, quell'architettura haussmaniana tanto opprimente nella sua regolarità. Cammino, cammino. «In giro o già rientrata, Maddi?»: arriva sempre il momento in cui le mie marce teutoniche vengono interrotte da una telefonata o un messaggio di Nina. Continuo a camminare e intanto le parlo, le descrivo i luoghi dove sono, altre volte le mando mappe del percorso scelto per quel giorno, scatti di panorami, scorci, dettagli curiosi còlti per caso durante le mie traversate della città. «Vado a correre adesso, tra pochissimo» mi informa lei prima di salutarmi. I ritmi di mia sorella oltreoceano sono opposti ai miei. Lei e Brian escono quasi tutte le sere, vanno a dormire tardissimo, vedono molta gente; Nina non smette mai di essere la creatura socievole che è, bisognosa di avere intorno gli altri per sentirsi viva. Una volta abbiamo confrontato le rubriche sui nostri telefoni e Nina contava esattamente il centuplo dei miei contatti. Certo, ragioni ce ne sono, lei non ha figli né altre responsabilità a parte la gestione della galleria d'arte di Brian. Resta che le nostre esistenze sono agli antipodi. A Roma era lo stesso: Nina si circondava di amiche di turno mentre io avevo trovato Mauretta Gigli e nessun'altra, una sola mi bastava e anche avanzava, ne avrei fatto senza problemi a meno.

«Sorella sole sorella luna» dissi una volta, e a Nina la trovata di quella frase piacque moltissimo. Ma lì, nella disciplina sportiva, siamo identiche. Sorelle: a seimila chilometri di distanza, sintonizzate su quegli stessi ritmi che Mylène ci ha insegnato per sopravvivere, e salvarci.

I mattini d'inverno a Parigi sono umidi, grigi, pieni di malinconia. Poiché sono metereopatica in forma acuta, quella di fare sport è diventata una necessità psicofisiologica. Senza endorfine in circolo il mio metabolismo crolla, qualcosa si inceppa nel sistema cellulare. Lo sport mi evita la potenziale depressione in cui cadrei dato lo scoramento per quell'ininterrotto grigio plumbeo del cielo. «Una marcia veloce stimola la circolazione, tonifica il corpo, sgombra la mente»: sembra di risentirla, la voce di Mylène. Sì, camminare snebbia, ma senza liberare del tutto la testa. Immagini della vita a Roma di me e Nina con Mylène accompagnano le mie marce parigine. Momenti delle nostre sessioni di sport a Villa Pamphili. Nina che faceva i suoi giri di corsa e le «ripetute» lungo il perimetro del terrapieno; sotto i nostri occhi la veduta magnifica della Casina del Bel Respiro circondata dal labirinto di siepi, tutto intorno i pini con i loro tronchi sottili, pertiche lanciate verso il cielo che era alto, luminoso, stavo a fissarlo prima di iniziare ad allenarmi ed era così vasto, quante cose sembravano possibili guardandolo – anche una via di fuga, una strada solo mia. Incastravo i piedi tra le doghe di una panchina e tendevo gli addominali in torsioni del busto sempre più toniche e snodate. «Dài Maddi, ancora, non mollare adesso, forza!»: Mylène era una personal trainer rigorosa, esigente ma attenta, sempre empatica con la mia fatica.

Quei ricordi mi sostengono, infondono energia allo scarto delle mie falcate metropolitane. Oltre a camminare vado in palestra: a Parigi frequento il corso di Pilates al Club Med Gym sulla rue Cadet, e uno di Body Pump in un'altra sede del Club dalle parti di casa mia, alle spalle del Parc Monceau. Sollevo pesi per dare tono alle braccia; a terra, piazzati sulla pancia grossi dischi di ferro e una volta sollevate le gambe, facendo leva sui talloni muovo il bacino in su e in giù per modellare i glutei. Calibro ogni sforzo grazie al respiro. I broncodilatatori li ho sempre con me, senza usarli, buttandoli via quando scadono per subito ricomprarne di nuovi. L'asma appartiene al passato, pare svanita dalla mia vita, ma il timore che torni è sempre lì. Non demordo, persevero nello sport allenandomi a sentire tremende tensioni di muscoli, tendini, legamenti. Imparo a resistere restando impassibile mentre sudo e maledico limiti che mi sono posta come traguardi e che invece sono sempre lì, insormontabili.

Nelle palestre non parlo con nessuno. Mai un volto che mi sia simpatico o che riesca a suscitare il mio interesse ispirandomi una minima fiducia. Anche la solitudine è una dipendenza: giorno dopo giorno stare chiusa nel mio carapace si riconferma la postura più giusta.

Quasi un anno perché Nina si riprendesse dalla sua delusione amorosa: tanto tempo per dimenticare Bruno. Lunghi mesi in cui era pallida, sciupata, con borse sotto gli occhi che mai le avevo visto prima; e sciatta, i capelli sempre spettinati – e nello sguardo un'inquietudine, qualcosa che non riusciva a fissarsi, ad ancorarsi a niente. Soffriva d'insonnia, cominciò a prendere una pastiglietta di sonnifero la sera, molto blando a detta del dottore. Dopo un po' che lo prendeva ebbe un episodio di sonnambulismo; aveva aperto gli occhi e si era trovata di fronte alla credenza di cucina, nel gesto di aprirla, o almeno così diceva a tutti e aveva continuato a raccontare per anni. Mesi di assenza, nei quali era abbrutita – solo si vestiva con cura, e a correre se pure non tutti i giorni continuava ad andare. Erano gli unici segnali di amor proprio; per il resto, confrontata a quella difficile stretta, Nina precipitava. Doveva preparare l'esame di maturità e anziché trovarsi con le sue amiche per studiare, come aveva fatto durante gli altri anni del liceo, ora preferiva impegnarsi da sola. Io mi offrivo di aiutarla; mi ero diplomata al Linguistico con il massimo dei voti, e in attesa di dare i primi esami all'Università (Facoltà di Lingue) disponevo di parecchio tempo libero. «Se vuoi ti interrogo» le proponevo, «oppure possiamo leggere, approfondire insieme...» Nina però regolarmente rifiutava. «Grazie Maddi, preferisco fare io... mi darà più soddisfazione di sicuro»; mi scansava, ma flebile, senza convinzione. E quella sua malinconia era nuova, e io mi inquietavo sentendo che non potevo niente, che il suo amore per quell'uomo adultero, Bruno, ci aveva separate, e la nostra distanza di allora era un solco che non si sarebbe tornato a colmare.

Voleva tutelarsi dall'ipotesi di incontrare lui, sapeva che rivederlo l'avrebbe fatta troppo soffrire; così, per correre, Nina adesso usava la parte più nuova di Villa Pamphili, quella cui si accede da via della Nocetta. Ci andava in motorino, tutto le prendeva più tempo, non era a portata di mano come quando frequentavamo il terrapieno raggiungendolo a piedi in meno di un quarto d'ora.

Aspettavo che quel dolore smettesse di tormentarla. Pazientavo, anche perché animata da sentimenti nuovi. In quel periodo riflettevo per la prima volta su quanto poco spazio la vita tanto movimentata di mia sorella lasciasse alla mia. Spazio di articolarsi, spazio di esprimere io pure come Nina la mia natura, di definire la mia personalità proiettandola in gesti. Ero lì senza eventi, senza amori, senza carattere forse? Nina si prendeva tutta la scena, io smaniavo di scomparire. Come la tartaruga che della nostra terrazza (il suo regno) conosceva ogni angolo, il carapace come scudo, avanzavo nascosta.

Bruno per qualche tempo aveva scritto a Nina: bigliettini brevi dai quali rammarico e amore soffocato trasparivano simultanei. Poi aveva smesso; e da quel silenzio di lui, vasto, profondo come un buco, lei in un primo tempo si era sentita annientata; offesa solo dopo. «È uno stronzo, Maddi: non doveva stare tutti quei mesi con me se sapeva di essere così fragile e incapace di gestire la situazione». L'anatema era arrivato inesorabile una domenica mattina. Eravamo sul terrazzo a fare giardinaggio, la tartaruga che lentissima si aggirava tra i vasi, ogni volta che vedevo spuntare il suo capino scuro mi rallegravo ogni volta interpretando quell'apparire come un avvertimento, un monito a fare attenzione, non perdermi di vista sbilanciandomi troppo su mia sorella. Piante in vaso ne avevamo avute sino ad allora poche, adesso invece a decine, perché Seba era stato di recente fotografo delle nozze di un imprenditore di vivai monegasco, e su sua richiesta la retribuzione era stata «in natura» anziché in denaro. Così l'ultima volta era arrivato un sabato mattina con la Jaguar carica di edere, ficus benjamin, alberi di limone e di kumquat riversi sul sedile posteriore in un intrico allegro di foglie e rami. E non era finita: anche ortensie, azalee, begonie in contenitori di plastica ammonticchiati sul pianale tra i sedili.

«Uno stronzo è, Bruno; uno stronzo e basta»: Nina lo aveva detto senza acrimonia ma anche senza dubbi, il tono definitivo di chi una verità l'ha ruminata a lungo, riconosciuta con fatica e conclusiva onestà.

Le avevo dato ragione: «Sì, non è stato corretto con te; però attenta a non cadere nella trappola delle tue certezze» (in quel periodo leggevo libri di psicologia, parlavo ispirata). «Certe situazioni scappano di mano, Nina. Magari lui non sapeva come comportarsi, semplicemente». Parlavo a vanvera, non sapevo niente dell'amore né volevo saperne. Ma ero contenta perché nell'indignazione sentivo Nina anche distaccata, di nuovo in sé. Era un segnale di guarigione, quella sua rabbia.

Lei e Mylène andarono a Siena per partecipare a una maratona. Partirono con una macchina presa a noleggio, nel bagagliaio il borsone con le tute di ricambio e due paia di scarpe oltre quelle che avevano già ai piedi. Ero restata ad aspettarle ansiosa, sino a tarda notte. «Tua sorella è arrivata terza!» – era stata Mylène appena entrata in casa a darmi l'annuncio, e saltava, mi abbracciava, mai l'avevo vista così entusiasta. Nina terza su quattrocento partecipanti! Un risultato eccezionale davvero. Se la stessa disciplina fisica mia sorella avesse saputo applicarla anche al suo temperamento. Se avesse imparato a contenersi un po' di più, che destino più facile sarebbe stato il suo. Dopo la lunga stasi qualcosa comunque stava cambiando. Sommovimenti: nuove tempeste in arrivo, potevo sentirne il rombo in lontananza, come un'eco di tuoni prima di un temporale.

I miei diciotto anni li avevo già festeggiati, d'estate, con un pranzo in trattoria io Nina e Gloria, una domenica afosa e faticosa. Si avvicinava anche la maggiore età di mia sorella e il giudice tutelare fissò un incontro con noi e Gloria e Seba, i nostri genitori. Da quando la mamma se n'era andata non era più successo di ritrovarci tutti insieme.

«Ma spiegamelo tu Maddi, perché dobbiamo vederci così?»

«Così come?»

«In gruppo».

«Diventi maggiorenne, mamma e papà non avranno più nessun obbligo verso di noi» avevo spiegato a Nina mentre la aiutavo ad allacciare un vestito dalla lampo difettosa.

«Tipo consuntivo generale prima dell'addio?»

«Tipo».

«Che assurdità; e che stanchezza, Maddi. Tutte queste cerimonie: è troppo ridicolo, dai» si era lamentata fingendo la smorfia di uno sbadiglio davanti allo specchio nel cui riflesso ci stavamo preparando per uscire.

«Durerà poco Nina, tranquilla, per cena siamo a casa. Ora sbrighiamoci, dobbiamo prendere due autobus e rischiamo di far tardi».

L'incontro era fissato nello studio del giudice tutelare, nel quartiere Parioli, dietro piazza Euclide. Gloria era già ad aspettarci nel luogo dell'appuntamento, al suo solito in anticipo. La si notava da lontano, elegantissima: giacchetta nera corta sopra a pantaloni chiari a zampa d'elefante che cadevano morbidi, sul décolleté in bella vista una collana d'oro larga e piatta, la coda di cavallo in cui erano raccolti i capelli spazzolatissima e portata bassa, stretta in un elastico di velluto a volant. Ombretto scuro, rossetto carminio, borsetta Gucci lucida, a tasca. Era magnifica.

Seba era arrivato poco dopo scusandosi per il ritardo, causato dal fatto che aveva faticato a trovare parcheggio. Il sudore che gli imperlava la fronte e la camicia sgualcita male infilata nei pantaloni dicevano il suo stato di stress. «Cinque minuti per fumare una sigaretta me li date?» aveva chiesto sorridendo; appariva più sciupato che mai, quando si era acceso la sigaretta a ogni boccata aspirata le guance gli si infossavano creando quelle incavature che già da ragazzina notavo con preoccupazione. «Accidenti Sebastiano come sei magro, non è che stai male?» Gloria gli aveva chiesto – si avvertiva apprensione e un'eco intenerita nella voce, la vita era andata oltre, molto oltre, erano lontani, due estranei, ma un'intimità profonda era esistita tra di loro molto tempo prima e quell'inclinazione nella voce di Gloria lo ricordava. Non si vedevano da più di due anni: avevano disobbedito alla regola imposta dal giudice di incontrarsi una volta al mese per parlare di noi, commentare il nostro crescere, scambiarsi opinioni circa le problematiche delle nostre personalità. Di lì a poco davanti al giudice a me e Nina sarebbe toccato occultare quella loro inadempienza, una prospettiva che anch'essa ci tendeva; eravamo nervose, maldisposte.

Aspettando che Seba finisse di fumare eravamo rimaste sul marciapiede di fronte al portone. Nina era molto eccitata, l'unica ad aver voglia di parlare. «Guarda quel chihuahua, oddio che meraviglia!» aveva esclamato a veder passare un cane portato al guinzaglio da una signora che gentile poi si era fermata perché Nina potesse accarezzarlo. Quel cane che avrebbe tanto voluto possedere, sebbene anche mia sorella avesse ormai realizzata la complicazione dell'averlo, quanto l'obbligo di portarlo fuori avrebbe stravolto i ritmi, impacciato i nostri allenamenti, limitato la grande libertà dello sport. Il chihuahua era effettivamente delizioso, il lungo pelo dorato, volpine orecchie appuntite. Nina lo aveva tenuto in braccio mentre lo accarezzava, io in disparte mi sforzavo nell'esercizio di osservarci da fuori: che strana famiglia eravamo (saremmo stati), la madre elegante e molto bella, il padre trasandato, vestito male, a disagio con sé stesso, un uomo senza un baricentro proprio. E noi due, figlie: dissimili, inquiete, fuori posto. Orfane.

«Ho voluto vedervi insieme» il giudice tutelare aveva esordito dopo essersi alzato dalla sedia per stringere la mano a ognuno di noi e a ciascuno regalare intense occhiate, «perché tra pochi mesi anche Nina, come già Maddalena, non sarà più minorenne. Il prolungarsi della coabitazione con la signorina Roussel, da voi genitori al tempo designata come loro affidataria, dipenderà certo dalle scelte delle ragazze, ma anche dalle vostre possibilità di assecondarle». Aveva fatto una pausa, accarezzandosi la barbetta corta e abbozzando un sorriso; il palato stretto e la dentatura cavallina gli davano un tratto nervoso, un po' isteroide, che non ricordavo – né certo avrei potuto, dopo tanti anni da quando era venuto da noi, a Genzano. «Vostre possibilità»: era tutta una questione di denaro, come sempre, ma il tempo aveva costruito la sua nemesi e adesso a poterci garantire un buon tenore di vita era la mamma, molto più di Seba.

«Quel che intendo dire, insomma» il giudice aveva proseguito, «è che la soluzione abitativa concordata insieme ormai molti anni fa sarà di qui a non molto non più obbligatoria: solo opzionale. Ci tenevo a comunicarvelo di persona; e a congratularmi, con voi ragazze soprattutto, perché davvero i vostri sforzi sono stati straordinari. Lo dimostrano le buone riuscite scolastiche, e più ancora i successi che certo verranno per entrambe voi nel cammino adulto che incomincia».

Quel breve, solenne discorsetto avrebbe dovuto nelle intenzioni risultare sentito, persino commovente. Alle orecchie mie e di Nina più che altro suonava grottesco; anche perché una sola persona avrebbe meritato quegli elogi, ed era Mylène. Se eravamo sopravvissute, cresciute salde, o quasi, era stato grazie a lei.

«Andiamo ragazze, vi accompagno» aveva detto papà quando di nuovo eravamo scesi in strada. Prevenendo l'imbarazzo di dover rifiutare il passaggio in macchina di Seba, Gloria aveva annunciato che avrebbe preso un taxi.

«E dove lo trovi il taxi?» papà le aveva chiesto, scettico.

«C'è una stazione qui vicino, alla rotonda su viale Parioli, lo so perché spesso le sfilate d'autunno le proviamo in una sala in via Mercalli, proprio qui dietro». Così sicura di sé, nostra madre: una donna che senza esitazioni abita il mondo, tanto lontana dalla Gloria che aveva abbandonato noi. S'era incamminata verso il suo taxi dopo averci stampato un bacio sulla fronte, uno a ognuna, come una benedizione. L'avremmo rivista la domenica successiva, di lì a pochi giorni quindi, eppure quel saluto ai Parioli era stato difficilissimo, di nuovo come per tanti anni della nostra infanzia e adolescenza penoso, uno strappo insensato, violento. Tra Seba e Gloria una stretta di mano franca come l'occasione voleva – i loro destini già lontanissimi quel giorno si separavano ufficialmente. Io e Nina avevamo distolto lo sguardo, impazienti di veder concludersi quel pomeriggio tanto impegnativo. Quando finalmente eravamo approdate sulla Jaguar, Nina aveva chiesto di ascoltare della musica – «Forte, a volume bello alto papà, mi raccomando». Suoni che potessero distrarci, portarci via, traghettare i pensieri verso paesaggi mentali diversi. E la nostra infanzia esplosa era finita così, quel pomeriggio, ascoltando Sade mentre tutto sfilava sotto i nostri occhi stanchi, la città, il fiume, bivi, semafori, palazzi. Sfilava e scivolava via senza che nulla ci appartenesse più.

«Sai, càpita» Nina mi aveva detto all'angolo con via Fonteiana in attesa di papà che era andato a parcheggiare la Jaguar in garage. «L'ho letto in un articolo su "Riza psicosomatica": certe persone si incontrano e si innamorano solo per mettere al mondo dei figli. Una volta esaurito il compito per cui si sono unite, si lasciano».

«Già... può essere, come no»; con un po' di sforzo di autocontrollo non le avevo dato torto.

Per scaricare la tensione al tramonto eravamo andate

in Villa, dalla parte di via della Nocetta. Avevo seguito Nina fare i suoi giri di corsa, dopodiché, srotolato il mio tappetino in lattice sotto una quercia, mi ero dedicata al mio stretching. Il giudice tutelare aveva detto bene: nel caos eravamo venute su sane. Dritte, ciascuna allineata su un suo asse, una sua qualche verticale centratura. Legate l'una all'altra a filo doppio, ugualmente assillate dal bisogno di tagliare quel filo, svincolarci, offrirci reciproco respiro. Sostegno e ossigeno; base e spazio; contatto e poi distanza, in un moto alternato che era come quello di sistole e diastole del cuore. Senza dimenticare mai che una più una, quella era e sarebbe rimasta la nostra addizione.

Parte terza
LE PARTENZE

Diego Marano aveva cominciato a venire davanti alla scuola di Nina prima che finissero i corsi. In attesa della pausa prima degli esami di maturità, ora si respirava la tipica atmosfera anarchica e di smobilitazione che precede le vacanze estive. Da settimane Marano lo si vedeva appostato a lato del portone, con un fare scrutatore, un po' da spia. Valutava le facce degli studenti nel momento in cui alla spicciolata uscivano dall'edificio, continuava a osservare quanti di loro restavano ancora un po' di tempo fuori a chiacchierare. Spiava le posture di ragazze e ragazzi, i gesti. Era in cerca di giovani attori: montava il casting per uno sceneggiato televisivo, una storia di adolescenti a Roma, delle loro prime esperienze di sesso, droga, amicizie, sentimenti acerbi e forti. Nina era stata subito notata e selezionata per un'audizione: aveva passato il primo provino, poi il secondo: presa. Le scene con lei sarebbero state girate in autunno, ora doveva concentrarsi esclusivamente sugli esami. La sua parte sarebbe stata quella di una ragazza molto corteggiata ma che non si concede mai a nessuno: un ruolo adattissimo a Nina.

Marano: basso, pochi capelli neri tenuti indietro da una pellicola di gel, fronte corta, le froge del naso un po' schiacciate. Portava sempre occhiali scuri: le poche volte che li toglieva lo sguardo era furbo, irriverente, provocatorio. Un tipo pratico, pochi pensieri fissi in un cervello veloce. Aveva capito mia sorella, come funzionava la sua psicologia. Lei esplosiva, spavalda, ma anche capace di urtarsi e risentirsi per un niente. Connubi che lui, Marano, aveva celebrato come promesse di una forte presenza scenica. «Me ne darai di soddisfazioni, tu» ripeteva a Nina intanto masticando una gomma americana, la bocca che mentre parlava biascicava e schioccava: «Ci sai fare, ne sono sicuro, basterà solo che tu ne abbia voglia».

Presto Nina divenne l'ossessione di Diego Marano: nelle sue fantasie quella preda selvatica, indocile, difficile da conquistare, era quanto di più eccitante. Quanto a Nina, di piacere a quello strano tipo, troppo generoso di complimenti e troppo basso (le arrivava sì e no alle spalle), era stata infastidita e intrigata al tempo stesso. A casa tramite Interflora arrivò un magnifico mazzo di lilium e roselline, con messaggio da copione: «Alla più bella, Nina Cavallari, e al suo sicuro successo» – banalità spudorate, ovvie come la strategica pazienza con cui Marano aveva saputo attendere che per Nina finisse quella fase di studio, e lei si decidesse infine a uscire con lui. Con una votazione di poco più bassa della mia Nina aveva sostenuto i suoi esami con decoro. Poi era stata la volta delle vacanze – sia con Gloria (a Sabaudia) che con Seba (in Val Bormida), una settimana con ognuno come dall'estate di Ponza in poi era regola stabilita. Era arrivato settembre, e nel nostro appartamento in via di Villa Pamphili si respirava un'atmosfera nuova, sospesa e nervosa. Io mi preparavo a partire per la Francia; esiguo, ma un progetto di vita mia finalmente c'era, mi era riuscito di disegnarlo. Parigi, una borsa di studio per italiani bandita dall'Università di Nanterre, sei mesi rinnovabili in altri sei. Salpavo; un qualche mare anche per me prendeva a luccicare. Tra me e Nina il primo distacco da che eravamo nate: in forma preventiva, per una sorta di addestramento al nuovo assetto imminente, avevamo cominciato ad allontanarci, a parlare meno, ognuna concentrata su di sé. Era stato in quel periodo che Nina si era decisa ad accettare l'invito a cena di Marano. Guai in vista, avevo pensato io. Quell'uomo proprio non mi piaceva, ero insospettita dai suoi modi untuosi e la furbizia con cui aveva saputo irretire Nina indovinando la sua personalità – come attrarla, persuaderla: manipolarla – mi faceva paura. Percezioni presaghe del forte ascendente che Marano avrebbe esercitato su mia sorella. La mia partenza si avvicinava e sempre più sentivo la sua presenza come pericolosa. Però appunto stavo per andarmene, giocoforza che pensassi a me. Non transigere, nessuna deviazione. Spazio per i casini di Nina non solo non ne avevo: non dovevo averne.

L'incontro con il giudice tutelare nel suo studio ai Parioli da noi era stato vissuto come difficile, vagamente inconsulto, ma certo fu premonitore: segnava un prima e un poi. Si concludevano sia il tempo insieme a Mylène – la quale sarebbe partita non molto tempo dopo, tornata a vivere in pianta stabile a Nantes – sia l'indistinzione tra Nina e me. Finivano quei lunghi anni di nostra vicinanza totale, ai limiti di una simbiosi da cui, non ci fosse stato il rigore della vita sportiva ad ancorarci alla realtà, saremmo state fagocitate. Cambiavano le geografie, spostando meridiani e paralleli del nostro amore di sorelle, il sortilegio della nostra smisurata intimità. Nel mentre gli avvenimenti galoppavano a uno strano ritmo, rapido e insieme molto naturale. Avevo concorso per la borsa di studio dell'Università francese, ma senza nutrire particolari aspettative di vincerla. Invece tutto era stato facile come lo sono le cose destinate a realizzarsi: ottenere la borsa, trovare una sistemazione a Parigi grazie a conoscenti di Mylène, in tutta fretta organizzare gli altri particolari del mio trasferimento. Non lo davo a vedere e invece partivo entusiasta, piena di fiducia; e la contentezza e il senso di sollievo entrambi riuscii a dirli a me stessa.

Un avversario/capro espiatorio Nina lo aveva sempre, e se non c'era lo inventava. Era Seba, non tanto per l'invadenza delle sue visite (a quelle lei pure aveva dovuto abituarsi), quanto a causa dell'indole passiva – «mai che papà mostri un po' di coraggio, la forza di prendere la vita veramente nelle sue mani, perché, tu sai dirmelo Maddi?» Oppure la nemica ero io, se cercavo di concentrami sulle mie cose e non prestavo attenzione a lei. O la mamma quando non telefonava abbastanza (nei periodi delle sfilate Gucci, in ottobre e in aprile, occupatissima dal lavoro si eclissava, era vero). Per ognuno di noi Nina aveva rimproveri, recriminazioni; si sentiva trascurata, e quel senso di abbandono lo traduceva in collera, sfoghi malmostosi, musi che duravano troppo. Le amiche di turno erano state silurate tutte, Nina era sola, e di lì a poco, dopo la partenza di Mylène, lo sarebbe stata anche fisicamente, in casa. Come unica risorsa aveva il jogging: dall'allenamento rientrava sempre di buon umore, simpatica, estroversa, stare con lei di nuovo un piacere. Poi l'espressione del viso tornava a essere tetra, con la differenza che a me ora trovarmi impigliata nei suoi incupimenti risultava insopportabile. Ero in ansia per la partenza che si avvicinava, non avevo spazio per lei né per altro. Nina mi aveva accompagnato a ritirare il passaporto rinnovato, avevamo aspettato insieme il mio turno nell'atrio della Questura adibito a sala d'attesa, uno spazio spoglio in un vecchio palazzo tutto scrostato in una stradina alle spalle di piazza Scotti. Parlavamo dello sceneggiato televisivo prodotto da Marano: era ormai in lavorazione al montaggio, sarebbe andato in onda in primavera. Io avevo accennato qualcosa in merito al soggetto, qualcosa che non ricordo, un'inezia da cui mia sorella però aveva dedotto una mia perplessità, un giudizio non entusiasta sull'intero sceneggiato. Apriti cielo. «Ma che hai Nina, cosa ho detto di male...» S'era a un tratto chinata, le gambe divaricate, la testa tenuta tra le mani, lo sguardo fisso a terra, sull'impiantito di cemento di quello squallido stanzone. Trasecolando mi accorgevo che era avvampata e aveva gli occhi pieni di pianto. E mentre disorientata provavo a parlarle, «Cavallariiii», mi avevano chiamato, era il mio turno. Ero tornata dopo pochi minuti, il passaporto nuovo brandito nella mano; ma Nina non c'era più, era andata via. Non era in strada e nemmeno a casa. Era rientrata solo dopo ore, trovando me che per ingannare il tempo mi sforzavo di suonare il pianoforte. Stanca, spettinata, la trasandatezza esausta di chi ha camminato troppo. «Tu non ti rendi conto Maddi. Tra poco vai via, parti, mica ci pensi a cosa significhi per me...» Avevo richiuso il coperchio bombato sulla tastiera del piano, senza rispondere, perché davvero non sapevo cosa dire. Lei aveva riso, il mio sconcerto sembrava divertirla. «Ahi che sorella mia sorella, Maddadura, questo sei tu» aveva detto cingendomi da dietro e abbracciandomi stretta. Maddadura e Ninamolle era un nostro gioco da piccole, due personaggi che impersonavamo e facevamo recitare. Poi dalla tasca aveva tirato fuori un pacchetto e me lo aveva porto. «Lo apri quando sarai in aereo, ok Maddi?» Pochi giorni prima avevamo fatto il nostro brindisi da Giolitti, chissà perché invece il suo regalo aveva scelto di darmelo quel giorno. Era allegra, di nuovo affettuosissima. Quando in aereo avevo scartato il pacchetto, chiusa in una custodia trasparente avevo trovato una sveglia a forma di Snoopy: tecnologia di livello, il display cromato, le cifre fluorescenti sulla fronte del cane. «Buona Parigi Maddi, ci sono a ogni minuto» il post-it incollato sulla carta della confezione.

Pierre capirà se gli comunico la mia idea di andare qualche giorno da sola a Roma; capisce sempre.

Ci siamo conosciuti a una festa di compleanno a Montreuil. Era un autunno insolitamente caldo quello in cui ero arrivata a Parigi, e la sera di quella festa per la gran quantità di gente nell'appartamento si soffocava. Tanti invitati stipati in un salotto troppo piccolo; su un tavolo in un angolo della stanza molte bottiglie di vino, alcune di champagne, nella calca qualche spinello passato di mano in mano. A Roma con Nina ero già stata a feste del genere; con la differenza che a Montreuil l'età media era più alta e gli invitati più impazienti di lasciarsi andare, con l'aiuto di alcol e fumo liberarsi, assumere modi disinvolti, non allacciati e tesi come lo sono di norma i comportamenti, data una generale psicorigidità antropologica di cui già avevo potuto rendermi conto.

«Tu sei italiana, vero?» mi aveva domandato Pierre venendomi vicino. Sorriso timido, un guizzo ironico negli occhi chiari, come fosse sempre sul punto di ridere. Ci eravamo messi a chiacchierare in piedi vicino alla porta d'ingresso, poi spostandoci sul balcone. Da bambino

Pierre era stato in vacanza in Toscana, a Forte dei Marmi, per quello conosceva qualche parola («cavatappi» la sua preferita). Me lo stava raccontando quando qualcuno mi aveva urtato da dietro e metà del mio bicchiere di vino rosso si era rovesciata sulla camicia bianca di Pierre. «Oh! Scusami tanto, perdonami, davvero». Ero mortificatissima, ma lui invece era scoppiato a ridere, incurante delle grandi chiazze viola già stampate sul tessuto. Poche cose mettono in intimo contatto due persone quanto ridere insieme, ed era stato così, nella leggerezza di quel divertimento inaspettato che ci siamo piaciuti. «Eri bella, talmente bella, e io non riuscivo a smettere di guardarti». Pierre me lo ripete ancora a quasi vent'anni di distanza, e ogni volta mi gratifica come fosse la prima.

Alto, dinoccolato, la faccia lunga, il mento a scucchia. Io lo trovo attraente ma non direi sia una bellezza, mio marito. Le labbra sono fini, mai strette, a dire la sua assenza di ansia. Si muove un po' goffo, un buffo canguro che anziché saltare cammini, con sforbiciate ampie delle gambe in un contatto sfuggente con la terra. Però non è astratto Pierre, al contrario: come me è un bravo pianificatore, con la differenza che lui fa tutto con molta più flemma. Era magrissimo quando l'ho conosciuto, con il passare del tempo ha messo su qualche chilo e quel poco di pancia gli dona, gli dà un aspetto maturo, meno da ragazzo. Disponibile e cortese con tutti, capace di vero fair play – non per caso ha scelto la carriera diplomatica riuscendo benissimo nel suo lavoro. Solo qualche volta è stanchissimo, svuotato di energie, e per il tempo di quei momenti, inavvicinabile. Allora va lasciato solo, ormai lo so, in pace a ricaricarsi come lui sa fare – per esempio ascoltando Bill Evans, sua grande passione. È figlio unico, da piccolo ha trascorso molto tempo isolato, senza divertirsi. Per non aver giocato abbastanza allora, cova nascosto un desiderio di leggerezza, soffocato e che strozza come un appetito non sfamato. Dietro il Pierre gentile, spiritoso, sempre all'altezza delle situazioni, c'è un bambino che è stato troppo da solo annoiandosi. A me sono piaciuti subito entrambi: del Pierre più misurato mi sono fidata, innamorata invece dell'altro, quello segretamente bisognoso di compagnia.

Da molto tempo è delegato Unesco rappresentante dei Consolati di Francia nel mondo, un ruolo che lo costringe a viaggiare, incontrare molte persone. Ma in verità come me anche Pierre è un solitario, provvisto di un carapace spesso, coriaceo: qualcuno che non si perde negli altri.

La mattina, prima che i ragazzi sbarchino in cucina con i loro variabili umori e le loro rispettive esigenze – Valentina e le sue secchezze oculari che mi fanno dannare, Sam che quest'anno ha gli esami dell'ultimo anno di liceo ma è sempre in ritardo con i compiti e la cosa ci fa litigare –, quando ancora siamo soli Pierre mi racconta l'agenda della sua giornata: appuntamenti, meeting, conference call su skype, pranzi in ristoranti prestigiosi o in sale private di *hôtels particuliers*. Io lo ascolto, consapevole che in tutto quel frullare di persone e parole lui sarà capace di mantenere un suo silenzio interiore, una calma che gli farà da scorza e lo sosterrà.

Conferme a Pierre penso di darne molte; amministro con precisione la casa, mi occupo della gestione quotidiana dei nostri figli e faccio entrambe le cose con entusiasmo, o almeno così mi sforzo che sia. Nelle serate di mondanità diplomatica dove lo accompagno sono elegante e gentile – non fosse che evito di rivedere in privato le signore con le quali mi intrattengo lì, per il resto il mio comportamento è inappuntabile, direi. Rinfreschi, ricevimenti, cene, concerti, vernissage, presentazioni di libri, inaugurazioni di luoghi pubblici. Al fianco di mio marito mi mostro sorridente, sempre benvestita, di più ancora da quando con Nina abbiamo dovuto spartirci il guardaroba della mamma e dispongo di abiti davvero belli (diversi capi Gucci, e non solo). Nelle conversazioni brava a intrattenermi sui temi più vari, generosa a condividere le mie conoscenze della città con le mogli degli altri funzionari, le stesse che mi lasciano i loro numeri di telefono da me poi mai composti. Vinco ogni selvatichezza e in quelle occasioni mi apro, sforzandomi di dare il meglio di me. Pierre lo sa; sa la mia pazienza nei riguardi di persone che non mi interessano affatto, che mai mi strappano un sussulto di vera curiosità – sa la mia noia durante serate che sono come pietre aguzze, nel deserto roccioso della mia vita parigina. Vede i miei sforzi e me ne è riconoscente, quando i nostri sguardi si incrociano da lontano non manca di sorridermi, complice, amico. Non era ancora interno all'Unesco quando ci siamo conosciuti, ma già collaborava, pagato a progetto e già piuttosto bene. Nessuna necessità per me di lavorare, Pierre ci aveva tenuto a chiarirlo quando la borsa di studio dell'Università di Nanterre si era conclusa e rientrata a Roma io meditavo su come riuscire a trasferirmi a Parigi. «Pierre è tutta la protezione che cerchi» Nina mi ha detto una volta; è così, ho pensato, aveva ragione lei, il suo sguardo di sorella capace di leggermi nel cuore aveva visto come stavano le cose, intuito che quel supporto economico di mio marito io lo accettavo e avrei continuato ad accettarlo sempre, non mi pesava né mi opprimeva perché era simbolo di una restituzione, era una forma di ricompensa ma non in denaro, in termini di sicurezza piuttosto. Quando sono nati i figli, Pierre ha aperto un conto intestandolo a entrambi e depositandoci poi regolarmente parecchio denaro. Dispongo di assoluta libertà nelle spese; se lo volessi, potrei condurre una vita molto più lussuosa di quella che faccio e faccio fare ai miei figli. Invece scelgo la parsimonia, come è sempre stato nella mia natura. Dalla misura traggo energia, limitarmi mi equilibra. «Focalizzarsi sul proprio centro, respirare e agire da lì»: ce lo diceva Mylène durante gli allenamenti, una massima che è rimasta la mia guida. Guida ad amministrarmi, anche in una città consumista come Parigi non cedere alla compulsione a spendere, trovare risorse in me invece, e così sottrarmi.

Se io a Pierre ho cercato di dare l'allegria che gli è mancata da bambino, lui a me ha regalato un assetto familiare. Casa, quello anche ci siamo offerti. Siamo una casa l'uno per l'altra, quella stessa casa che dopo un anno da che eravamo insieme abbiamo messo su, la nostra prima, in rue Saint-Georges. Passo a passo, giorno dopo giorno, scommettendo sulla nostra felicità come su un giro di carte che si sente favorevole. Senza picchi, né valli, né sbalzi. Una terra sicura sulla quale cammino e non cado mai: così è per me il mio matrimonio.

Quella stabilità trovata con Pierre nei primi tempi della nostra storia ho creduto di poterla trasmettere anche a Nina – a Gloria e a Seba, persino. Tanto mi sentivo appagata, da pensare la mia vita coniugale come qualcosa di condivisibile. Un matrimonio «riparatore», non certo nel senso letterale ma perché curava, medicava il passato, quello di Pierre e il mio, e in una capriola del pensiero persino quello di mia sorella e dei nostri genitori. È Pierre l'uomo con il quale ho fatto l'amore per la prima volta, una notte nel casale di proprietà della sua famiglia, nelle Cevennes. Una e poi tante altre notti ad amarci su un materasso fatto rimbalzare giù lungo due rampe di scale per posizionarlo a terra vicino al caminetto. Le prime volte quando mi penetrava piangevo, non per dolore fisico ma per qualcosa di sconosciuto che si scioglieva e doleva. Pierre si fermava, ascoltava il mio pianto. Il passato, i vuoti che erano stati, le tante ammaccature del mio carapace: piangevo quelle cose insieme. Ricominciavamo a fare l'amore, mi abbrancavo al corpo lungo e magro di Pierre, asciugavo le mie lacrime nelle sue carezze. Dopo i sussulti, molta pace. Cara pace.

Le prime passeggiate: noi soli nella natura, in ascolto del silenzio che gonfiava le gole dei calanchi. Tanto a lungo ne avevo scansato la sola ipotesi e invece ecco era successo, mi ero innamorata. Il sole incominciava la sua discesa, tornavamo verso il casale; avremmo acceso il fuoco, mangiato pochissimo, ricominciato a fare l'amore. A distanza di vent'anni, Pierre lo risceglierei. Unirsi nella durata è quello: il «sì» che ti dici in risposta a tante domande formulate a ritroso.

«Non ti andrebbe di venire a Parigi con me?» ho chiesto a Nina un giorno di quel periodo convulso in cui mi preparavo a partire. Grazie ad amici di Mylène avevo trovato un monolocale in affitto dalle parti di Alésia, venti metri quadri con cucinino annesso. Certo, lo spazio sarebbe stato minimo per starci in due, ma insieme ce la saremmo cavata e saremmo state bene, benissimo anzi, come sempre quando siamo noi due sole. Sapevo che separarci come stava per succedere era necessario, vitale per me, ma lo stesso tuttavia l'idea di poter inaugurare il mio soggiorno all'estero in compagnia di mia sorella mi confortava; di Nina ho bisogno, già allora avevo capito quanto molte volte fosse il suo caos a proteggere me più di quanto il mio fare prudente non tutelasse lei. E poi desideravo rallegrarla, perché era tanto che non vedevo mia sorella un po' felice: dai tempi in cui aveva conosciuto Bruno e col batticuore ogni sera si recava sul terrapieno di Villa Pamphili con la certezza di incontrarlo.

Però no, a Nina non andava affatto di venire a Parigi. «Devo cercarmi un lavoro: qualcosa da fare, Maddi. Così, in questo vuoto non riesco a stare, lo sai». Eravamo nella mia stanza, in quei giorni di preparativi in un insolito grande disordine, il trolley a doppio scomparto spalancato sul tappeto – da giorni di continuo perfezionavo il bagaglio, aggiungevo o toglievo qualcosa. Nina non mi stava dicendo la verità, lo sapevo: nessuna ricerca di lavoro, il fatto era che non voleva allontanarsi da Roma perché aveva incominciato a vedersi regolarmente con Diego Marano. E la cosa, senza che lei lo volesse consapevolmente, però la stava prendendo molto. Ancora un attaccamento, questo esclusivo di Nina, fissazione su un piacere scuro di cui lei già non riusciva a privarsi.

Il vuoto la abbatteva, l'inazione la indeboliva e le faceva male, era vero. Passava ore davanti alla televisione, zapping ossessivo, giusto riusciva ad appassionarsi a qualche telefilm, altrimenti non faceva che cambiare canale.

«Spegni, Ninuski. Non ti accorgi che ti abbrutisci?»

«Lasciami in pace, Maddi; se mi piace rilassarmi così sono affari miei. Quando tu sprechi tempo con le tue attività da perfettina-io-so-tutto io mica ti vengo a scocciare. Abbi rispetto, no?»

Ombrosa, nervosa; sino al momento in cui non suonavano al citofono – allora balzava su, si affrettava a profumarsi e a ritoccare il trucco davanti allo specchio grande dell'ingresso. Tempo pochi minuti ed era uscita. Di sotto ad aspettarla c'era Diego Marano, e all'angolo con via Fonteiana la sua Opel Chevrolet nera pronta a portarli sulla Laurentina, da lui.

Poi è arrivata quella telefonata.

Da poco avevo conosciuto Pierre ed era solo qualche settimana che ci frequentavamo. Quel giorno ci eravamo accordati per trovarci fuori, al caffè Select, vicino a Montparnasse, per poi insieme andare al cinema. Mi stavo preparando a uscire quando ha squillato il telefono. Era Nina. La stanza già in penombra, sabato di novembre livido, il cielo buio, freddo – non ci fosse stato l'appuntamento con Pierre non avrei messo il naso fuori di casa. Avevo risposto e parlato restando in piedi, come sapessi già di dovere difendermi dal rischio di una telefonata fiume.

«Nina tesoro, ciao! *Que pasa*?»

«Maddi... oh Maddi»

E tra le lacrime mi ha raccontato. Il fatto incominciava da lontano. «Sai, non te ne avevo parlato, ma da qualche giorno mi sentivo veramente male, da schifo. Malferma sulle gambe, un perenne senso di nausea, nessuna voglia di mangiare. Venerdì mi sono incontrata con Diego. Diego Marano, hai presente, il produttore della serie...» Accenno fintamente casuale – tipico di mia sorella, «buttar lì» alludere, e così complicare, costringermi a giochini manipolatori cui io regolarmente ogni volta mi presto. «Sì sì, ho capito, come no… il produttore, quello che veniva davanti alla scuola prima dell'estate». Diego Marano, i capelli lucidi di gel, il sorrisetto mellifluo: come dimenticarlo.

«Ci siamo visti per un aperitivo, all'Eur, da Giolitti» (ancora Giolitti: un vero e proprio marchio per i nostri momenti apicali). «Dopo un po' che eravamo seduti ho sentito di dover rientrare a casa, di nuovo avevo la nausea, le gambe che facevano giacomo giacomo… Lui, Marano, si è offerto di accompagnarmi in macchina. Non mi andava, con una scusa gli ho detto no, grazie, davvero meglio di no. Avevo il capogiro e una strana sensazione di sazietà: dopo giusto qualche leccata al mio gelato già mi sentivo come se dovessi digerire qualcosa di molto pesante, e marcio, guasto, sentivo la bocca amarissima».

«Oh poverina». I minuti correvano, preoccupata li vedevo scorrere sul display della sveglia a forma di Snoopy regalo di Nina e che ora campeggiava sulla credenza del mini-angolo cottura.

«Insomma Maddi, veramente stavo male e non volevo nessuno vicino. Alla fine sono riuscita a convincere Marano a lasciarmi sola» (una vena di sottile disprezzo in quel nominarlo per cognome), «e lui molto a malincuore se ne è andato via. Allora ho chiesto alla cassiera del bar dove fosse la toilette, mi scappava la pipì e temevo di stare per vomitare. E lì, al bagno…»

Ho sentito Nina ansimare, tirare su col naso – era proprio affranta, se pure a distanza lo percepivo. Le sei meno un quarto; di lì a pochi minuti Pierre sarebbe arrivato al Select. Ero in ansia ma mi sono contenuta, chiudere ora quella telefonata era impensabile.

«… Lì cosa, Nina? Che è successo?»

«Oh Maddi» Aveva le mestruazioni quel giorno, o piuttosto le sembrava che stessero cominciando, così per precauzione aveva messo un assorbente. E in quel bagno, mentre si abbassava le mutandine aveva sentito fregare sull'ovatta del pannolino una materia. «Una materia… come spiegarti: era come un grumo, un groppo denso che sentivo colarmi ancora tra le gambe. Ho guardato sull'assorbente e ho visto quella cosa…»

«Che cosa Nina? Che intendi?»

Nel silenzio del monolocale la disperazione di Nina aveva riecheggiato, aumentando la mia ansia.

«Un grumo giallo, viscido, di filamenti di uno strano muco rappreso. Mi è mancato il fiato, ero tutto talmente strano, e schifoso, e impressionante. Ho avuto paura, Maddi, anche se assolutamente non capivo cosa diamine mi stesse capitando. Paura, sì, e un senso di vuoto, di improvvisa angoscia»

Così aveva abortito mia sorella: in un cesso. Abortito, espulso da sé il figlio di Diego Marano. Nina, Ninuski. Povera sorellina mia. Le sei meno due, i minuti continuavano a correre sulla sveglia a forma di Snoopy. Ora davvero dovevo andare, se non volevo perdere la fiducia e le attenzioni di Pierre prima ancora di essermi fidanzata per davvero con lui.

«E tu che hai fatto, sei andata in ospedale?»

«No. Ho preso un taxi e sono tornata a casa. C'era Mylène, le ho detto che mi sentivo male, che avevo bisogno di andarmi a sdraiare. Ho chiesto se poteva procurarmi del latte; avevo una gran voglia di latte, solo latte, bere latte…»

Sul boulevard, mentre correvo verso il mio appuntamento, l'asfalto era bagnato perché nel frattempo aveva cominciato a piovigginare. Nella sala spaziosa del Select avevo subito scorto Pierre, lì che sorseggiava tranquillo il suo Chablis. Solo vederlo mi aveva calmato. Amore mio, lui non lo sapeva ancora ma era già il mio grande amore.

«C'è qualcosa Madeleine, qualche problema?» Il turbamento mi si doveva leggere in faccia; forse è stato un azzardo rispetto ai tempi del nostro conoscerci, un cortocircuito che ha rischiato di bruciare le tappe; però già mi fidavo di Pierre, una fiducia istintiva, sicura, così gli ho raccontato di Nina e del suo aborto spontaneo. Lui non ha fatto commenti, è rimasto in silenzio. Poi eravamo andati al cinema, in una sala vicino al Select, al Gaumont Montparnasse. Avevo scelto io il film da vedere, una pellicola sudcoreana, una storia d'amore raccontata con massima lentezza e precisione, sequenza per sequenza, pochi dialoghi, dettagli visivi molto poetici. La trama: un adulterio con conseguente dramma di gelosia che sfascia la coppia. È stata la donna a tradire andando a letto con un collega del lavoro; è lui, l'uomo, a volere la separazione. Lasciarsi però è difficile, logorante; lui si ammala, lei lo assiste, sensi di colpa, perdoni, tutto si riconfigura. Faticavo a seguire: pensavo di continuo a Nina, a quel grumo giallastro, a quella promessa di vita scivolata via con l'acqua una volta tirato lo sciacquone. Qualcosa anche da mia sorella è scivolato via, dopo quell'incidente. Qualcosa di lei – una leggerezza, una ferocia allegra – che dopo allora Nina non ha avuto più, non più completamente. «Figli non ne ha voluti per me la vita» mi ha detto una volta in cui per caso (o per necessità) abbiamo affrontato l'argomento. Tornavamo da Manhattan a Brooklyn in metropolitana, e quella frase gliel'ho sentita pronunciare in mezzo alla folla di un vagone del treno – un caos che diluiva ma anche amplificava la portata delle sue parole. Nina non cercava da me commenti, non le importava la mia reazione. Era un dialogo con sé stessa quello, di cui io ero obbligata testimone: rendere dicibile la sua mancata maternità, concedersi di pensare quel pensiero, una volta e poi mai più, così come una volta e poi mai più è rimasta incinta. Diego Marano (Marano anzi, come Nina lo chiamava) del loro figlio morto feto non ha mai saputo. È rimasto un segreto tra noi due sorelle, un nuovo patto che come fanno i segreti ci ha unito ma anche separato.

Parte quarta
OCCASIONI

È partita per gli Stati Uniti in primavera. Espatriava, come me. In autunno c'erano stati il mio trasferimento a Parigi e quell'incidente per lei, una perdita tristissima e invisibile, un lutto di cui solo io sapevo. Poco dopo Mylène era partita, spedite le poche valigie dei suoi vestiti (soprattutto sportivi) era tornata in Francia. Nina era rimasta sola; stava molto male ma aveva cercato di reagire: essere stata lei a chiudere con Marano le dava un po' di forza, una se pur fievole autostima. Mesi di tentativi: aveva trovato una collaborazione con un'agenzia immobiliare dove lavorava un'amica di Mylène. Si era comprata un motorino Honda, le foto mandate per lettera lo mostravano rosso fiammante, lucido, nuovo di zecca. Girava Roma su quel bolide, schizzando da un luogo all'altro per mostrare appartamenti da comprare o da affittare. Era stancante: molti incontri al giorno e in zone lontane della città, in quartieri diversi e tra loro anche molto distanti. Guidava tanto, e i ritmi degli appuntamenti erano serrati. Non era un lavoro adatto a lei, fu la prima ad accorgersene. Ci sentivamo poco perché Nina all'improvviso non aveva mai tempo; parlavamo nel week-end, lunghe conversazioni nelle quali mia sorella non faceva che lamentarsi, ogni volta più affaticata e scontenta. «Sai Maddi, il problema è che non ho il carattere giusto; non sono paziente, non sorrido abbastanza. I visitatori, potenziali clienti sono difficili, cambiano idea. L'altro giorno una coppia doveva fare una proposta d'acquisto, l'accordo sembrava proprio concluso, sicuro, invece all'ultimo momento ci hanno ripensato. Tutto a monte! E mi sono presa anche una strigliata dalla titolare dell'agenzia per l'eccessivo ottimismo che avevo continuato a nutrire circa il buon esito della trattativa...»

A Nina i clienti non davano attenzione, era lì il punto; il suo ruolo si limitava al possesso delle chiavi delle case e della disponibilità a farle vedere, stanza dopo stanza, nei gesti di aprire e richiudere finestre, porte, armadi, cantine nascoste in bui sottoscala. Faceva da tramite restando lei del tutto in ombra, era quello a irritarla, a farla sentire offesa. «Ho la borsa sempre piena di mazzi di chiavi Maddi, e nella testa, a ogni visita, un'illusoria sensazione di onnipotenza» si confidava nelle nostre lunghe telefonate nei fine settimana; «la sera quando finalmente torno in via di Villa Pamphili, quasi ho l'impressione di non essere a casa. Sono alienata, questo è il fatto Maddi. Per riuscire ad andare a correre mi sveglio all'alba, dormo poco, sono sempre stanchissima»

«Ti stai riguardando, almeno?»

«Il medico mi ha dato dei ricostituenti ma a me non sembra che stiano funzionando».

Però le case le piacevano. Si era innamorata di alcune che aveva fatto visitare – in un appartamento diceva di aver lasciato il cuore, me l'aveva descritto con l'entusiasmo nella voce: un'abitazione grande sul lungotevere dei Mellini, con vista sul Tevere e al di là del fiume anche sulla cupola di San Carlo al Corso e sull'Ara Pacis. «Ho capito perché mi stressa questo impegno» si era sfogata ancora al telefono quando era ormai da un po' che lavorava. «Perché mi procura la stessa frustrazione di quando papà ci faceva vedere i suoi book dei matrimoni. Famiglie degli altri, felicità degli altri, mettere su casa degli altri: costruire degli altri. E noi Maddi, che cosa costruiamo?»

La mia storia con Pierre intanto decollava, ogni giorno più intensa, coinvolgente. Eravamo tornati già tre volte nella casa nelle Cevennes e a Parigi ci vedevamo di continuo, praticamente ogni sera dopo che lui aveva finito di lavorare. In tono leggero ma anche molto serio cominciavamo a parlare di andare a convivere. A Nina però tutto questo non lo raccontavo: non volevo ingelosirla, e poi la mia felicità personale era per il momento qualcosa che volevo si assestasse per suo conto, uno spazio solo di Pierre e mio in cui il mondo esterno non doveva entrare, non ancora.

In quattro mesi di lavoro Nina riuscì a chiudere solo due contratti di affitto: magrissimo bottino. Aveva avuto una bronchite cronica per essere andata troppo in motorino, si era slogata una caviglia restando diversi giorni immobilizzata a letto. Non frequentava nessuno; ogni tanto il sabato sera andava fuori con Rebecca, la sola delle ex amiche che ancora mostrasse un affetto per lei, o forse compassione, sta di fatto che chiamava Nina, ed era l'unica a farlo. Poi, in primavera, mia sorella trovò la forza di interrompere la collaborazione con l'agenzia immobiliare; nessuno tra i colleghi mostrò disappunto, non era versata per l'attività, glielo disse affettuosamente anche la titolare.

Fu Rebecca a portare Nina all'Auditorium a una conferenza di Sri Babari, un maestro indiano dell'Uttar Pradesh. Colpo di fulmine spirituale. Sri Babari è un guru carismatico, florido e sorridente nelle fotografie dove appare con un collare di barba bianca, occhiali tondi dalla montatura dorata, sguardo affabile di gattone contento. «Non attaccamento», «libertà del silenzio», «vitalità della solitudine»: parole che aprivano uno squarcio di luce nel cielo di Nina. Consolavano la difficoltà del suo momento, quel senso di morte che dopo l'aborto continuava ad abitarle il corpo e i pensieri. I precetti spirituali del vecchio maestro indiano barbuto le mostravano un'altra porzione di mondo – vasta, ampia, e soprattutto: lontana.

Organizzò la sua partenza come me, in poche settimane. Destinazione New York, Brooklyn per l'esattezza. Lì dove, in Montague Street, ogni mattina all'alba Sri Babari incontra centinaia di discepoli provenienti da mezzo mondo. Svegliarsi prestissimo, ascoltare parole, tacere, meditare, vivere il resto della giornata con lo stesso entusiasmo di quelle albe vibranti e profumate di incenso. Nina tuttavia dopo non molto ne fu stufa. Cominciò a dire che le meditazioni la annoiavano, che cantare i mantra le faceva venire la nausea. Concentrarsi sul vuoto – lo stesso sforzo che per mesi a me aveva descritto come meraviglioso – a un tratto non le riusciva più. Anche dell'immagine di Sri Babari era stanca: dal suo viso paffuto e sin troppo sorridente riprodotto nell'immagine appesa sulla parete di fronte al letto ora si sentiva spiata. Quel mondo disincarnato e un po' dogmatico male si incastrava con la sua natura concreta e libera. Pur continuando a frequentare la sala di meditazione in Montague Street, presto si era autoemarginata dal gruppo. Prima tentativi di stringere amicizia ne aveva fatti, con una donna spagnola, vedova, a New York ospite della cognata (sorella del marito deceduto), e con una ragazza molto giovane, diciassettenne, tal Barbara, californiana di San Diego, discepola devota di Sri Babari e che lui amava tenersi vicino durante le meditazioni – sarebbe di lì a poco diventata il suo braccio destro. Però con entrambe, Barbara e l'altra, la spagnola, mia sorella aveva avuto presto problemi. L'irruenza di Nina nel formulare giudizi e pareri – quella sincerità troppo temeraria che è caratteristica della sua natura – da loro era stata scambiata per arrogante sicumera. Un eccesso di «mente giudicante» letto come spia di un'inquietudine dei pensieri ritenuta aliena alla filosofia collettiva, e opposta allo spirito di un'autentica meditante. Ferita da quelle incomprensioni, Nina si era allontanata, aveva smesso di uscire il fine settimana con le due. Diradata anche la frequentazione della sala di meditazione: non metteva più la sveglia alle quattro e mezza come aveva fatto per mesi pur di arrivare puntuale all'appuntamento all'alba con Sri. Con lui, Sri Babari, le era riuscito di non litigare – restarono in buoni termini, anzi. Avevano avuto un incontro privato, in uno stanzino che era l'ufficio di lui, un breve dialogo che lei mi aveva riferito nel dettaglio. Nina onesta gli aveva comunicato le sue difficoltà. «Datti tempo» Sri le aveva replicato benevolo; «se non sei sicura sia la tua strada, sii te stessa. Aspetta». Lei da quelle parole s'era sentita benedetta, legittimata a fare come voleva. E poi a Sri Babari era grata, perché erano stati lui e la limpida bellezza dei suoi insegnamenti ad averle dato il coraggio di lasciare Roma, chiudere una lunga fase di amori monchi, distruttivi, con uomini che non l'avevano amata come lei avrebbe desiderato. Anche allontanarsi dalla nostra storia di figlie le era stato possibile grazie all'energia magnetica di Sri Babari. Andare un poco oltre quell'infanzia esplosa, la cui traccia continuava a ostacolarci, ci impediva un vero volo.

La benedizione doveva aver fatto il suo effetto, perché Brian era comparso in quel periodo. Lui e Nina si sono conosciuti nel Vermont a un ritiro intensivo di Sri Babari. Mia sorella ci era andata per far vedere (a sé stessa prima ancora che al gruppo) di non avere chiuso del tutto. Brian invece si trovava lì su consiglio di un amico: stava per inaugurare la sua prima Galleria d'arte, e sentendosi parecchio stressato e ingombro di pensieri confidava di riuscire a «staccare» grazie a quel week-end di meditazione. Lui e Nina si erano piaciuti subito, un colpo di fulmine vero e proprio; dai tre giorni nel Vermont erano tornati a New York insieme e da allora non si sono più lasciati. Lei mi aveva telefonato per raccontarmelo, camminavo su rue de Rennes quando aveva chiamato, mi ricordo. «C'è una novità importante, Maddadura»: che aveva da darmi una vera notizia lo avevo capito subito, così come avevo intuito che quel nuovo incontro sarebbe stato importante, positivo, che non si sarebbe trattato di un semplice flirt e nemmeno di uno scacco. Nina nel confidarsi aveva un tono felice ma non esagerato – diversamente dalle altre volte nessuna enfasi o drammaticità. Presto lei e Brian hanno cominciato a lavorare insieme, nelle diverse Gallerie di lui: una miscela di professione e sentimenti che nel tempo si è dimostrata sana, non ambigua. È un genere di impegno con caratteristiche adatte a Nina: lavorare in nome dell'amore per la bellezza, avere un'intensa vita sociale, esercitare un ruolo semi-direttivo che le ricorda il lavoro della mamma. Le cose si riunivano, la vita di mia sorella non sarebbe più stata un caleidoscopio di diverse Nine frammentate. Nel tempo con Brian ha fatto diversi viaggi per incontrare artisti autori di opere e installazioni poi esposte e vendute nella Galleria. Insieme sono stati a Sidney, a Shangai, ad Atene, e in molti altri posti. Nina si è tagliata i capelli corti perché a Brian piaceva così. Era fantastica quando è venuta a trovarci a Parigi, con quella pettinatura alla Gavroche, il ciuffo più lungo sulla fronte e dietro, sulla nuca, i capelli rasati quasi a zero. Quella volta era passata da noi il tempo di un week-end – uno scalo a Parigi scelto di proposito sulla tratta Roma / New York. Abbiamo camminato insieme all'indomani del suo arrivo, io e lei, da casa sino al Jardin Albert Kahn, a Boulogne-Billancourt. Per una quindicina di chilometri spedite, come volando; era un sabato mattina di pallido sole, Nina vedeva il Jardin Albert Kahn per la prima volta, le ho mostrato le ninfee, le case giapponesi, la ricostruzione del Monte Fuji realizzata grazie a migliaia di petali viola e rosa disseminati su un dosso collinoso. Era entusiasta come ogni volta che qualcosa le infonde quiete, una condizione che non le è naturale e che per quello la delizia. Così leggera, positiva; e i suoi tristi amori a Roma, i modi cupi, il veleno nelle parole, tutto era alle spalle. Sebbene la mamma abbia sempre portato i capelli lunghi, con la sua nuova pettinatura Nina quel giorno le assomigliava tanto, così tanto. Quasi due gocce d'acqua. Pensarlo mi toccava il cuore, riattivava tante immagini del passato, altre proiettandone sul futuro.

Di mattina presto, dopo che Pierre e i ragazzi sono andati via e prima di uscire anch'io, mi occupo della casa, organizzo la nostra vita domestica. Stilo lunghe liste della spesa che poi lascio all'inserviente del Carrefour responsabile della nostra consegna bisettimanale. Telefono al dentista, all'oculista, al pranoterapeuta; fisso o sposto appuntamenti per tutti e quattro noi – un'agenda quadripartita mi vive nella testa, quattro vite in simultanea. Preparo le cose da portare in tintoria; quando arriva, puntualissima ogni mattina alle otto e mezza, impartisco istruzioni a Linda, la donna peruviana che da anni ci aiuta in casa – pochi dettagli, più che altro ci consultiamo insieme su cosa cucinare per la sera. A tutti quei compiti assolvo in modo automatico, con cieca fiducia nella mia razionalità – che è tanta, ormai ho raggiunto sufficiente maturità e consapevolezza di me per sapere quanto io sia precisa in quel genere di frangenti. Poi esco. Può fare caldo o freddo, bello o brutto, sole o pioggia o neve, non importa; esco, a casa non potrei rimanere. Una volta in strada mi metto in marcia; sono capace di non fermarmi per ore, nella griglia/gabbia della città geometrica, e il mio è un moto instancabile e perpetuo. Pierre sa di quelle camminate lunghissime, penso che nel fondo ne sia un po' geloso ma non contesta; mi rispetta. Sa, però anche non sa – non sa che quando cammino è una Maddalena diversa quella che mi sprona e mi fa andare, andare e ancora andare. Non moglie, non madre; non sorella né figlia. Qualcuno senza legami né difese, carapace sottile, solo assorbire, avanzare, il respiro in sintonia con l'incedere del passo. Libera, sola. Pronta.

Sola, mi ostino a camminare. Cammino sino a quando non avverto più le gambe, e i polmoni dilatati ritmano il battito del cuore accelerandolo. Ora per le mie marce quotidiane percorro esclusivamente la traiettoria lungo l'asse orizzontale di Parigi – il più esteso, da ovest a est. Porzioni di città molto distanti e diversissime dal *dix-septième* arrondissement dove abitiamo: zone popolose, rumorose, mescolate. Le strade intorno alla Gare du Nord, lì dove sono tanti i clochard, persone in cerca di un riparo, che sui marciapiedi o sulle panche lungo i binari della metropolitana stendono coperte vecchie o sacchi a pelo e organizzano i loro giacigli, o in strada montano la tenda e si accampano. Non smetto di guardarle, senza farmi vedere le spio; nel passage du Désir, vicino alla Gare de l'Est, ho notato una giovane donna ferma sempre nello stesso punto, accovacciata davanti alla saracinesca chiusa di quella che era stata una tintoria e di cui restava solo l'insegna, sbiadita e polverosa. Una donna ancora giovane: rigato dal vento e reso opaco dalla mancanza di igiene l'incarnato del viso però è liscio, si indovina che bella sarebbe senza gli stenti dell'indigenza. Noto i suoi occhi chiari, famelici, in cerca – di cibo, di vita degna, di una qualche pace. Nei giorni successivi torno a spiarla, qualcosa mi richiama. Vedo che legge un libro, un giallo probabilmente, perché la copertina è nera come lo sono quelle dei *polar* francesi. La lettura deve appassionarla, a giudicare dalla quantità di pagine che ha divorato rispetto al giorno prima. Indifferente agli sguardi dei passanti – compreso il mio – legge concentrata e non si accorge che la sto osservando. Porta dei pantaloni chiari, laceri, una felpa turchese slargata con sul davanti in nero scritto LOVE. La mattina dopo torno a vederla, e così per giorni. È più forte di me, uscita di casa finisco con l'andare da quella donna nel passage du Désir. Il pensiero che abbia freddo, fame. Sonno. Quel giorno di nuovo si accorge di me. «Qu'est-ce que vous voulez, Madame?» Cosa vuole da me, signora: la domanda vibra una scarica nervosa, gelida come l'aria mattutina, dura come lo è il suo sguardo in contrasto con l'armonia del viso. «Rien, rien je vous l'assure; juste vous offrir un cafè, si vous voulez bien». Le garantisco di non volere niente, solo vorrei offrirle un caffè, nessuna intenzione da parte mia; ma è altrettanto vero che lei pure non vuole nulla, vero che la disturbo, che della mia empatia non sa cosa farsene.

Così mi impongo di non andare più a vederla. L'indomani a camminare vado altrove, lontano, dal lato opposto, verso ovest e il Pont de Sèvres, e a malincuore nei giorni successivi continuo a gravitare distante da lì. Rifletto sul narcisismo dei miei slanci pietosi, sulla mia falsa generosità, e nel pensarlo mi sento invasa da un rammarico pungente, prossimo a un senso di vergogna. Intanto non smetto di ricordarmi di quella donna: nella mia testa è diventata un'interlocutrice. Sto cercando risposte, assillata dal dubbio se fare o non fare il mio viaggio a Roma.

«Penso di andare via qualche giorno, Pierre. È dai funerali di mia madre che non torno più a Roma. Ho bisogno di rivedere la città; mi manca».

Ci siamo svegliati da poco, Pierre prima di me. È un sabato mattina, i ragazzi dormono ancora, dalle doghe sollevate delle persiane automatiche filtra la luce chiara del giorno. È il «nostro» momento, quello spazio in cui siamo soli e possiamo dirci le cose, scambiarci informazioni di vita domestica, confrontarci noi due soli su argomenti più personali. Interstizi di privatezza che diventano parte della routine di una coppia collaudata come siamo noi, quando il tempo dell'intimità si fa esiguo, sempre sacrificato ai troppi impegni della vita di adulti e genitori, compresso tra gesti quotidiani che continuamente riconfermino la costellazione di mutue responsabilità, il vincolo del loro incastrarsi, la forza salda del nostro sodalizio.

Pierre ha inforcato gli occhiali, legge il suo Simenon – lo ha quasi finito e gli ci sono volute settimane, la sua flemma lo spinge ad assaporare tutto, anche la lettura. Porta un vecchio pigiama, liso, di cotone, a righe marroni e celesti, e con quell'indumento e i *pince-nez* sul naso sembra più vecchio. Un simpatico, saggio vecchio. Solleva lo sguardo da *L'uomo che guardava passare i treni*, mi scruta neutro, non troppo attento.

«Che strano desiderio, tesoro. Cosa potresti trovare a Roma che non conosci già? Ma vai pure, figurati, se ne senti il bisogno. Dei ragazzi mi occupo io, così tu parti più tranquilla. Posso prendermi qualche giorno di ferie; ho sempre da terminare l'articolo per l'Annuario delle Nazioni Unite, mi è stato sollecitato giusto la settimana scorsa»

Pierre, mio Pierre. Come capisci tutto, e tutto prima di me. «Tesoro mio, grazie. In effetti sì, non lo avevo pensato, ma è vero che se ti so a casa per me è più facile lasciarvi ...»

Sorride, sorrido anch'io. Di solito sappiamo comunicare attraverso i gesti meglio che con le parole, adesso però la mia riconoscenza sento di volerla esprimere a mio marito in ogni modo. Poso la testa sul suo petto mentre a occhi chiusi incomincio ad accarezzarlo, e leggera abbasso la mano sino a infilargli le dita nelle asole allentate della patta dei pantaloni del suo consunto pigiama. Riaperti gli occhi prendo il libro che ancora tiene tra le mani e lo scosto lontano, scivolo le dita più in là, oltre l'elastico girovita del pigiama. Sotto il palmo della mano sento il suo membro indurirsi al tocco esperto delle mie dita che hanno cominciato a masturbarlo. Di nuovo chiudo gli occhi, già abbandonata al piacere che mi sommergerà. Facciamo l'amore, un amplesso sincrono, non lungo e nemmeno breve, il tempo che ci serve. Dopo tanti anni conosciamo alla perfezione ciascuno il corpo dell'altro, ogni dettaglio di quel che più ci eccita e ci dà piacere. Deliziosi arcipelaghi noti, le nostre rispettive fisicità. So che c'è un tratto della schiena, giusto sopra i lombi, che fa impazzire Pierre ogni volta che lo tocco, così come lui conosce perfettamente la mia zona più erogena, sul retro delle cosce, sotto alle natiche, un punto preciso che basta lui sfiori con le punte dei polpastrelli per mandarmi in estasi. Quella mattina il piacere è particolarmente intenso, sarà perché è qualche settimana che non facciamo l'amore, sarà perché ho in mente di partire, c'è una nota diversa nei nostri orgasmi, un'eco un po' dolente, che mi commuove.

Alla morte di Gloria si era venuto a sapere che un'altra donna della famiglia Recabo era morta lei anche d'infarto, e a trentadue anni, più giovane ancora di nostra madre. Casi di donne infartuate non sono così frequenti, e sapere che si trattava di una tragedia ereditaria se pure in modo minimo ci aveva consolate, me e Nina. I funerali a Prima Porta, il dolore celato di Seba, quello dignitoso, straziato di Marcos. Lo sgomento di noi figlie, impreparate al colpo violento di quell'evento improvviso. Ogni cosa era stata rapida, così dannatamente rapida tanto quanto elaborarla, dopo, difficile e lungo. Anche per quello il bisogno di partire, rivedere Roma. Reinventare la conclusione postuma di un percorso che invece si è concluso in modo traumatico perché troppo veloce.

Potrei andare in molti altri luoghi, compresa Nantes, dove Mylène è tornata a stare. È contenta, lavora come personal trainer a domicilio e nonostante non sia certo più una ragazza è ancora in formissima, si è fidanzata e convive. Mi invita spesso, me sola o con la famiglia, «quel che preferisci Maddi, stiamo bene comunque» mi dice al telefono, allegra – ci ha fatto visita a Parigi già diverse volte, e i ragazzi la adorano. Non vado mai. Le destinazioni potrebbero essere tante, e invece a ossessionarmi ora è solo Roma. Rivedere la città di Nina e mia, illudermi per qualche giorno di ricomporre un mosaico le cui tessere si sono perse quasi anche nella memoria. Suturare un taglio che non si ricuce: Gloria non c'è più, il mazzo di carte è andato all'aria, ogni giocata è persa. Mi attraversano pensieri del genere mentre quel sabato mattina rimasta sola in casa accendo il computer e finalmente mi decido, compro un biglietto aereo per Roma.

Ho prenotato un albergo nel quartiere Monti. Volevo essere non lontana da via Borgognona, passeggiare in quelle strade splendide di primo mattino quando tutto è ancora calmo, immerso nel silenzio, i sampietrini ancora umidi dell'aria notturna, niente motorini rombanti, nessuna macchina. Gloria arrivava ogni giorno intorno alle nove, un'ora prima dell'apertura del negozio. Posso immaginarla, una donna dinamica e bella, sempre vestita con grande cura, che ogni mattina va al lavoro con i mezzi pubblici partendo da una zona lontana della città e ben diversa, tutt'altro che elegante. Non si vantava mai del suo incarico, quella responsabilità prestigiosa di direttrice responsabile della principale sede Gucci a Roma. Con noi della sua vita professionale non parlava, e molto poco credo anche con Marcos – al quale il lavoro andava benone, ma senza che un fondo di frustrazione e lieve invidia nei confronti di lei si fosse dissipato del tutto. Era un equilibrio privato di Gloria, la professione, e per come lei era fatta, mai le sarebbe saltato in mente di ostentare la sua posizione brillante ottenuta per caso (per buona sorte), o vantarsi della grande capacità, lucidità, disciplina con cui assolveva alle sue importanti mansioni. Noi eravamo molto fiere di quel ruolo di nostra madre. Possedeva un effetto riparatore, il suo status professionale – nelle nostre fantasie qualcosa che compensava il vuoto che lei stessa aveva creato. Persino Nina, sempre severa e assertoria nei suoi giudizi, di fronte alla riuscita della mamma si azzittiva. Era un punto di luce, l'intraprendenza di cui Gloria aveva dato prova riuscendo ad affermarsi in un mondo altolocato e lussuoso, diversissimo dal nostro e anche dal suo. «Una volta ci porti con te alle sfilate?» Nina le chiedeva. Un po' come le felicità matrimoniali immortalate da Seba, «le sfilate» erano un'immagine astratta, favolosa e inaccessibile agli occhi di noi figlie. Gloria la scoraggiava, sorridente ma irremovibile come sapeva essere: «No stellina, che non vi ci porto; io anche vado molto di rado, sai. Lavoro a prepararle, metto a disposizione i vestiti, collaboro a certi allestimenti, ma che partecipi alle sfilate è raro». Io la ammiravo, ancora una volta. Quel suo rigore bilanciava tutto il caos che era stato, aveva un effetto riequilibrante sulla nostra vita stravolta da scelte che erano state soprattutto sue, di nostra madre. E poi, c'era che un po' come lo sport per Nina, la dirittura dimostrata da Gloria nel lavoro sulla sua natura volubile aveva agito in positivo. La professione l'aveva cambiata: l'aveva resa una persona più strutturata, in equilibrio. Amava lavorare, e questo le faceva un gran bene. Anche nell'aspetto si trasfigurava: quando era con noi, le domeniche che ci era dato trascorrere insieme, era benvestita sì, mai però elegante in modo perfetto come quando andava al negozio. Lì assumeva altre sembianze, indossava divise che erano maschere e che tuttavia le andavano a pennello, perché lei per prima ci si immedesimava.

Volentieri incontrerei Marcos a Roma. Ci sentiamo di rado ma lo penso spesso, con una gratitudine affettuosa. Ha saputo rendere felice nostra madre quando lei pensava che felice non avrebbe saputo esserlo mai. Le ha regalato allegria, serenità, una lunga tranquilla convivenza. Marcos però non c'è, è in Argentina. Poco prima di partire da Parigi gli ho scritto una email annunciandogli il mio viaggio, mi ha risposto che data una pausa piuttosto lunga tra la lavorazione di un film e un altro aveva deciso di partire. È diventato un tecnico del suono affermato, Marcos, sono molti i registi che lo chiamano a lavorare. Immagino la pena che deve provare a vivere nella casa di Portonaccio senza Gloria. Io e Nina l'avevamo vista infine quella casa, un'unica volta, la mattina dei funerali della mamma. Prima non era successo: sebbene fosse divenuto possibile dopo che eravamo diventate maggiorenni, non se ne era presentata l'occasione. Io ero emigrata, Nina anche lei era partita, e nei mesi che avevano preceduto i nostri espatri a nessuna delle due era tornato in mente di fare infine quella visita. La mamma lavorava sempre, e la casa dove abitava da oggetto di desiderio al centro delle nostre fantasie si era trasformata in un posto come un altro, semplice luogo di ristoro dalla vita altrimenti attivissima di Gloria.

Il piccolo corteo funebre era partito proprio da lì sotto. Si trovava alla fine di una strada senza uscita, al terzo piano di una palazzina a quattro livelli, ed era proprio come Gloria ce lo aveva sempre descritto. Accogliente e curato, due stanze luminose, i muri rivestiti di una carta da parati lilla, un'armonia leggibile in piccoli dettagli dell'arredo – l'edera rampicante nel cestello che pendeva dal soffitto all'ingresso, uno specchio a forma di balena, il servizio di piatti blu in tinta con le tendine in cucina, un poster di una veduta aerea di Manhattan e sulla stessa parete del salotto tante fotografie di noi, nostri ritratti in bianco e nero incorniciati, primi piani di Nina e me dei quali papà (di quelli almeno) aveva fatto omaggio alla mamma. Un nido d'amore: mi figuro la tristezza di Marcos nell'abitarlo da vedovo, ma è un pensiero rapido il mio, su cui non trovo come soffermarmi.

La mattina del primo giorno passeggio per il centro storico; da via Borgognona mi sposto sino a piazza del Popolo, poi lungo via Ripetta raggiungo piazza Navona. Quanto tempo che manco; e quanta bellezza – è maggio, il sole è tiepido e dorato, il capolavoro della piazza riempie gli occhi. Mi torna in mente una domenica lontanissima, me e Nina portate in quello stesso luogo da papà. Erano i giorni dopo Capodanno, lungo tutto il perimetro della piazza stavano montate una accanto all'altra le bancarelle della Befana. Papà aveva comprato per noi due gigantesche nuvole di zucchero filato rosa e i biglietti per il tirassegno: là Nina aveva fatto centro, facendoci vincere un pesciolino, rosso, non faceva che guizzare nella busta di plastica trasparente dentro cui ce lo eravamo portate con noi ai Castelli Romani. La mamma era andata via da pochi mesi, sulla casa troppo grande e vuota vegliava nostra nonna, Imma, ed era stato con il suo aiuto che subito avevamo trasferito il pesce in una vaschetta dove era sopravvissuto solo pochi giorni, prima di venire seppellito in giardino e presto dimenticato. Ritrovo l'allegria malinconica di quella domenica della nostra infanzia mentre appoggiata a uno dei piloncini in pietra attorno alla fontana centrale ammiro la statua del dio Gange del Bernini. La nostra infanzia esplosa; repentina, immotivata voglia di sentire mio padre. Dal fondo della borsa estraggo il telefono e lo chiamo.

«A Roma? E cosa ci fai a Roma, Maddalena?» Trasecola Seba, è molto sorpreso. L'ho trovato in casa, a Milano; già da qualche tempo ha diradato il ritmo del lavoro, sarà che sente di stare invecchiando, sarà che è lui ad averne meno voglia, minore necessità psicologica, di fatto fotografo lo è ancora ma con un'attività dal ritmo pigro, molto meno concitato di una volta. Non ha fidanzate; amanti forse qualcuna ogni tanto, ma fidanzate non se ne sono più viste. Ha smesso di parlare di astrologia, e oltre a immortalare le felicità altrui e a sniffare cocaina, cosa veramente lo interessi è difficile da sapere. Per quanto mi sembri di conoscerlo poco, posso intuire che la morte improvvisa di Gloria lo abbia sconvolto. Ci vediamo di rado, è venuto a trovarci a Parigi l'ultima volta due anni fa – al solito affannato, troppo magro, il viso un ventaglio di rughe nervose, grinze della pelle ora tante anche sul collo, sugli zigomi, vicino ai lobi delle orecchie. Tabella di marcia turistica senza soste: da solo papà in quei pochi giorni è andato sulla Tour Eiffel, al Louvre, alla Maison de la Photographie, in vari altri musei. Due serate passate insieme in casa, con Pierre e i ragazzi, cercando argomenti senza troppo trovarne. «Che strano tipo, nonno» hanno commentato i miei figli quando è ripartito. «Pare un extra terrestre» se n'è uscito Sam. Eravamo a tavola, Valentina è sbottata a ridere; io li ho rimproverati, sebbene l'osservazione facesse ridere anche me e fosse più che pertinente. «Drop out, più che extra terrestre» ho rettificato tra me e me.

«Sono a piazza Navona, pensa papà».

«Chissà che bello»; passata la sorpresa per la mia telefonata del tutto inaspettata, di sentirmi al telefono Seba è contento. «E tua sorella cosa dice, che te ne sei andata a Roma così, da sola, senza marito e senza di lei?»

Già. Nina. Di colpo mi rendo conto che la sola persona che non sia al corrente della mia vacanza romana è proprio mia sorella. A Leyla l'ho detto, nel corso dell'ultimo pranzo che abbiamo fatto insieme, dalle parti del Palais Royal, Leyla si era rallegrata, mi aveva persino fatto i complimenti («che brava Madeleine, che buona decisione; vedrai come ti sentirai bene al ritorno, rinata!»). Ora lo sa addirittura mio padre, che di me non sa mai nulla. A Nina invece ho dimenticato di comunicarlo, chissà come mai; o forse la ragione la conosco, ma non ho voglia di dirmela. Se mi chiamerà o manderà messaggi – farà una delle due cose di sicuro – inventerò una balla, ometterò di dirle dove sono. Scatenerebbe un tale putiferio lei, altrimenti.

Saluto mio padre, riprendo a camminare – quel ricordo di noi bambine con il pesce rosso dalla brevissima vita mi ha rattristata, procedo in preda a una malinconia di un'intensità però energica, avanzo spedita, veloce ma anche morbida, niente di marziale come nelle teutoniche mie traversate di Parigi. «Si vede che ne avevi bisogno, se stare a Roma ti procura il bene che mi dici, amore» mi fa Pierre quando la sera rientrata tardi in albergo infine lo chiamo. Gli sento una bella voce chiara, squillante; scrivere l'articolo per l'Annuario delle Nazioni Unite lo diverte, dice, e anche – non lo aggiunge ma lo penso io – occuparsi per la prima volta lui solo dei ragazzi lo gratifica, quello pure gli dà buonumore.

La mattina dopo dall'albergo raggiungo largo Argentina e lì prendo il tram numero 8. Su viale Trastevere, all'altezza del Ministero della Pubblica Istruzione scendo, retrocedo di qualche metro sino alla fermata dell'autobus 75. Voglio tornare a Monteverde.

Via di Villa Pamphili è come la rivedevo nei pensieri: lunga, verso metà leggermente curva, palazzine non alte (tre piani al massimo), intonaci rosso mattone, celeste, verde chiaro. Sparuti alberelli piantati qua e là, pochi negozi. Davanti a quella che era la nostra casa, sollevando lo sguardo in su riesco a vedere l'angolo del nostro balcone. Sorrido, liberata e nostalgica. Di quegli stati d'animo sono in cerca, da settimane, da quando a Parigi mi sono cacciata in testa di voler venire a Roma. Eccolo, il senso del mio piccolo pellegrinaggio: questa tristezza sgombra. Passa un autobus, me ne accorgo con stupore – non ne arrivavano quassù quando ci vivevamo noi. Entro a Villa Pamphili dall'accesso laterale, il «nostro». Sono più di vent'anni che non torno, eppure il colpo d'occhio e l'impressione davanti a quell'esplosione di verde sono identici ad allora. Aria pura, alberi, un verde che subito mi parla al cuore. Imbocco il viale largo, lo percorro tutto sin quasi alla fine, quando in corrispondenza della Casina del Bel Respiro si può svoltare a destra. I gradini della scalinata saliti a due a due come Mylène ci ordinava di fare, un esercizio che segnava l'inizio dell'allenamento. Torno sul terrapieno. Nell'angolo sulla sinistra del circuito c'è lo stesso pino altissimo, quello sotto cui mi accovacciavo per seguire i giri di corsa di Nina prima di dedicarmi alle mie sequenze sportive non cardiotoniche, sorvegliata da Mylène che le aveva pensate appositamente per me. Sotto quel pino mi siedo in terra, a gambe incrociate; chiudo gli occhi, inspiro ed espiro profondamente. Intorno non c'è nessuno, qualche jogger più in là, lungo il perimetro. Clima ideale, una temperatura primaverile magnifica, né fredda né calda. Che benessere, quel silenzio, quel sole, poter respirare così.

Non me ne rendo conto ma devo rimanere diversi minuti a occhi chiusi; quando li riapro davanti a me c'è un ragazzo, lì che in piedi mi sta a guardare, incuriosito, un po' attonito. Ha occhi acquosi e spalancati, di un nocciola chiaro, quasi miele; una barbetta corta, i capelli castani portati piuttosto lunghi.

«Ciao. Com'è che ti puoi permettere di stare qui a quest'ora di mattina? Non lavori?» Sorride, e vederlo ammiccare fa pensare a un elfo, un elfo dei boschi – della pineta, anzi. Avrà venticinque anni, ventisette, non di più. Un elfo sì, l'espressione dolce e vispa, nei tratti un'innocenza, una luce mite di cui istintivamente mi fido subito.

«È che non vivo qui; sono a Roma in visita, come turista... sebbene una turista non per caso» dico, divertita dalla battuta idiota ma per me piena di senso.

Con assoluta naturalezza, nessuna forma di imbarazzo, ci mettiamo a chiacchierare. Dopo un po' lui anche («mi chiamo Tommaso detto Tommy» si è presentato da solo) si accovaccia giù, mi si siede vicino. Indossa una maglietta verde militare su dei pantaloni morbidi e bianchi – li sporcherà, a sfregarli così sulla nuda terra, penso, ma a lui della cosa sembra non importare niente. Fa molte domande, ascolta più di quanto non parli. Gli racconto di quando abitavo lì, degli allenamenti lungo il perimetro di quel terrapieno che ci sta davanti, vasto e solenne come un'ara d'altare. Dico di me, di Nina, la mia difficile e amata sorella che abita a Brooklyn.

«E i vostri genitori?»

«Mia madre non era con noi, a dire il vero nemmeno nostro padre...»

Così, a frammenti, piccoli cenni, racconto a quello sconosciuto la storia della nostra infanzia esplosa.

Dopo, tornata a Parigi, ricostruire la sequenza degli avvenimenti sarà difficile, un disagio amplificato dalla mia resistenza a ricordare. Chiacchierando eravamo scesi verso Trastevere, lungo una stradina scoscesa che costeggia il Fontanone del Gianicolo – lo stesso che tanti anni prima Giacomo Barresi percorreva in salita andando a trovare Nina nella speranza di trovare da lei la festosa accoglienza che invece non riceveva mai. Continuando a scendere, incrociata via Garibaldi avevamo raggiunto piazza Trilussa. Più confuse le immagini successive: siamo seduti in un bar, c'è rumore intorno, molte persone, musica fusion diffusa da piccoli altoparlanti disposti ai quattro angoli del soffitto. Tommy mi prende la mano e la trattiene tra le sue, ne bacia il dorso, il contatto delle sue labbra è tenero, caldo, ci sento dedizione e un'audacia determinata, un mescolarsi di intenzioni che mi eccita, così come mi turba l'innocenza sfrontata e insistente che poco prima gli ho letto negli occhi.

«Sei bellissima, Maddalena. Di incontrarti non potevo immaginarlo, però da un po' di tempo sentivo che qualcosa di importante stava per succedermi – ed ecco, eri tu». Di nuovo, dopo quelle parole si china a baciarmi le mani, i polsi, con la punta del naso sfiora i palmi, mi lecca un dito, fa per succhiarlo. Io avvampo, mentre sotto, tra le cosce sento di essere già tutta bagnata.

Per salire nella mia camera in albergo abbiamo evitato il desk perché Tommy non aveva con sé un documento, morivamo dalla voglia di salire e ci è sembrato più semplice farlo senza che lui si annunciasse. Così lui è sgattaiolato su per le quattro rampe di scale, e quando sono uscita dall'ascensore era già lì che mi aspettava. A mezzogiorno, in un albergo a tre stelle e non troppo centrale non succede praticamente nulla. Le camere sono già state rifatte, gli addetti alla reception possono impegnarsi in altro, dispensati dall'attendere ai clienti a quell'ora supposti essere tutti fuori. Sale, ascensori, corridoi erano deserti, avvolti da un silenzio assoluto e ovattato. Non abbiamo fatto rumore neanche noi. Lo scatto della serratura annunciava il richiudersi della porta alle nostre spalle e noi già ci stavamo spogliando, veloci, precisi nei gesti, come se a guidarci fosse non la foia di fare l'amore, piuttosto una necessità, una reciproca obbedienza rivolta insieme a qualcosa di più grande di noi. Rispettare e onorare la sola cosa che fosse giusto e sacrosanto fare in quel momento. Ci siamo amati sul letto riassettato di nuovo, le lenzuola rigide per il troppo amido odoravano di un bucato dozzinale. Amanti: era un atto dovuto, la naturale conclusione del tempo trascorso insieme a Villa Pamphili e quello impiegato a scendere verso Trastevere – tempo di parole, e silenzi, e risate, tempo del nostro sentirci, annusarci, desiderarci. Un piacere intensissimo, ho gridato roca, sussulti violenti di un orgasmo che veniva dal più profondo di me. Non la circostanza, né le parole che ci siamo detti, ma la gioia di quel momento quella non la scorderò, lo so per come a distanza di giorni continua a palpitarmi dentro. Una scossa, ridevo e piangevo, tutto era lì, e tutta me era con lui, con quel ragazzo. Oltre a Pierre non conoscevo altro uomo, altra intimità; ogni voglia di Tommy era nuova, e selvaggiamente nuovo il mio volerla accontentare – in una corsa, sino a un punto dell'anima preciso e mai avvertito prima.

Dopo l'amore ci siamo assopiti insieme. Prima di socchiudere le palpebre e riposare un momento ho infilato le dita tra i suoi capelli, erano madidi di sudore. «Che matta sei, Maddi» mi sono detta, maliziosa, sfinita e felice.

Ci siamo rivisti altre due volte prima della mia partenza. In albergo, di mattina, di nuovo sgattaiolando verso le scale evitando che Tommy si registrasse al desk. L'ho baciato non appena era nudo, era magro, più ancora di mio marito, pelle e ossa, il petto glabro, ancora di adolescente. Sotto le sue carezze ho goduto, più volte di seguito, avvinghiata a quel ragazzo che potrebbe essere amico di mio figlio – una manciata di anni lo separa da Sam. Ho accolto in me la sua smania, potente ma ancora acerba, virilità poco consapevole, anche per quello così coinvolgente. Di sé non mi ha detto molto: che vive con la madre e un fratello minore – il padre è andato via di casa due anni prima, perché «ha sbroccato» per una ragazza che ha l'età di lui, di Tommy. Che ama la musica – suona un po' il pianoforte, come me, felici ci siamo messi a immaginare un nostro quattro mani «magari torni a Roma e vieni da me, di giorno a casa non c'è mai nessuno». Che è iscritto alla Facoltà di Architettura e studia sì, ma senza convinzione, ha dato due esami poi si è fermato, concentrarsi sui libri gli riesce poco, «la mattina preferisco mille volte andare a Villa Pamphili: imparo molto più dagli alberi che da qualsiasi catalogo, manuale o professore. E poi vedi, ho incontrato te. Fossi stato in Biblioteca in Facoltà chiuso a studiare, mica mi sarebbe capitato».

Poi arriva il momento del saluto, al binario del treno che mi porterà in aeroporto. Tommy si è vestito bene, con una camicia di jeans su pantaloni neri, si è ritoccato il taglio della barba, pettinato i capelli, profumato. Vuole mostrarmi che oltre a un elfo tra i pini e un amante meraviglioso è anche un uomo, con galante sicurezza pronto a svolgere il suo ruolo protettivo, di sostegno. O forse desidera piacermi più ancora di quanto già non sia, legarmi a sé moltiplicando un fascino che ha intuito io subisco completamente. Non so. So che quel giorno i nostri baci sulla banchina del binario sono lunghi e piuttosto disperati: raccontano l'impossibile desiderio di non fare nessun ragionamento, solo tuffarsi in quell'abbraccio, sceglierci, e sentire che lì c'è la vita. Un'altra vita.

I passeggeri già montati sul treno ci stanno a guardare ma noi non facciamo caso, né a loro né a niente. «Mi chiamerai?» Tommy chiede quando io sono già sul predellino del Leonardo Express, trolley di ogni foggia e dimensione intorno a me, turisti delle più varie nazionalità che un po' stressati si affannano a incastrarli nei predellini portabagagli o negli spazi tra i sedili.

«Non so… forse ti chiamo, sì; ma non te lo garantisco, non ne sono sicura».

Come prevedere se avrò voglia di sentirlo; in quel momento avvertire puntato addosso il suo sguardo implorante mi fa male, mi urta l'inflessione spezzata che gli avverto nella voce. Impressioni dalle quali allontanarmi è un bisogno; il solo ritorno possibile è dentro, chiusa nel mio carapace.

Sul trenino, mentre osservo l'anonima campagna urbana inaridita e troppo edificata, penso a Gloria mentre lasciava Genzano, abbandonava noi. Partenze che hanno il sapore della necessità. Per la prima volta mi sembra di capire mia madre, la sua fuga quando noi eravamo troppo piccole, e tutto quanto ne è seguito. Alberi, larici, chiome di querce sfibrate, ovunque erba gialla e intrichi di arbusti. Guardo scorrere quel paesaggio incolore e mi ci immergo, pur di non portare la mente su Tommy, sulla felicità che ho appena salutato, forse per sempre. Pensando intensamente a lei, ricordandola, comprendo su quel trenino mia madre: quanto fosse travolta. Sollevata in alto da un'emozione che come un vento la portava via. Proprio come nella foto con cui da bambina parlavo in segreto, quel ritratto scattato sul lago di Nemi: è lo stesso turbine che la rapiva quello che ora vuole spettinarmi i capelli, stravolgermi i pensieri. La forza di un vento, più intensa a ogni istante, preziosa la vita come fragorosa e breve ha cantato nel mio grido mentre quel ragazzo mi possedeva. Qualcosa del genere doveva essere stato per la mamma. Pensarlo mi emoziona, capire mi libera.

«Maddi?»

«Sì, Ninuski. Dimmi, sono qui».

Ha suonato il fisso dopo poco che Pierre e i ragazzi erano usciti. Mattina presto, per Nina notte fonda. È un regalo quella telefonata: di uscire a camminare non avrei le energie, di ascoltare il mio cuore in tumulto ancora meno.

«Ma dov'eri finita Maddi? Ogni volta che ti ho scritto in questi giorni rispondevi a monosillabi. Che succede?»

«Niente, solo ho avuto settimane un po' agitate con Valentina. Soliti problemi che conosci».

«Adolescenza?»

«Già...» Vorrei chiederle di Brian ma mi trattengo, non ho voglia di conversazioni intime, men che meno di stimolarle io con domande importune.

«Tu come stai, Nina?»

«Sto meglio, sai. Non lo avrei immaginato, invece in questi giorni le cose si sono un pochino sciolte».

«Mi fa tanto piacere».

Un silenzio prolungato; respiriamo.

«C'è stato un nuovo vernissage in Galleria, l'inaugurazione della mostra di Svetlana Kodai, un'artista croata. Io e Svetlana abbiamo legato subito. Dopo l'aperitivo Brian era stanchissimo e se n'è andato a casa, noi siamo rimaste lì in Galleria a chiacchierare fino a notte… Le ho raccontato tutto, sai Maddi: del litigio, delle mie difficoltà con Brian, del fatto che ho deciso di lasciarlo. Svetlana è una donna matura, ne ha passate di tutti i colori nella sua vita. Mi ha parlato chiaro».

«…»

«'Certi treni, Nina', mi ha detto, 'passano poche volte nella vita: si tratta di sapere non perderli'. E altre cose del genere, argomenti che mi hanno convinto a provare ancora con Brian. Non è il momento di mollare. Dopo tanto tempo insieme, devo cercare di non buttare via tutto, tentare, almeno…»

Mentre la ascoltavo parlare mi sono affacciata alla finestra: la magnolia della *cour* è in fiore, dev'essere successo mentre ero a Roma, se di quelle gemme bianche e gonfie nel verde delle foglie lucide mi accorgo solo adesso.

«E tu, Maddi? Che pensi?…»

«Giusti consigli, Ninuski; se mi fossi decisa a parlarti lo avrei fatto con parole non molto diverse da quelle che ti ha detto la signora».

«Non è una signora».

«Ok, le parole di questa donna: se non che pronunciata da me l'opinione sarebbe risuonata diversa, chiaro».

«…»

«Brian mi piace, lo sai che mi piace: è la persona migliore che ti abbia visto vicino. Non te l'ho mai dichiarato in forma così solenne, ma …»

«Sì sì, queste cose le so. Che vocetta però… sei proprio triste Maddadura, accidenti. Cosa fai, vai in palestra o a camminare?»

«Ancora non so. Sono un po' affaticata a dirti il vero, e ho diverse cose da risolvere, commissioni a cui non sono riuscita a star dietro la settimana scorsa».

«Vale ti ha proprio sfiancato, ho capito. La nipote faticosa come la zia» dice Nina provando a scherzare.

«Un po', sì... senti Nina...»

«Dimmi».

«Stavo pensando... no niente, te lo dico più tardi. Ora mi sono ricordata di una telefonata urgente che devo fare all'Ambasciata del Giappone per una cosa di Pierre, scusami».

«Ok, a dopo allora Maddi».

«A dopo, sì».

Se ne trovo la forza uscirò a camminare. Prima chiamerò Leyla, le proporrò di pranzare insieme in settimana. Quello che mi è successo a Roma a qualcuno devo pur raccontarlo. Condividere: nominare l'avvenimento prima che non si congeli nella mia fantasia sotto forma di un fantasma. Tenermelo per me, protetto dal mio carapace (dalla mia cara pace), non riesco. Proprio non mi è possibile.

Al ritorno da Roma sono entrata in casa insieme a Pierre che era venuto a prendermi all'aeroporto, i ragazzi mi sono venuti incontro sulla porta. Sam mi ha guardato fisso, una lunga occhiata indagatrice – come avesse visto ogni cosa. Anche il giorno dopo, suonavo il pianoforte prima di cena, il secondo movimento del Notturno opera 9 di Chopin con cui negli ultimi tempi senza molti risultati mi cimento, e di nuovo mi sono accorta che mio figlio mi guardava, cercava da me una risposta. Mio figlio che ha pochi anni – troppo pochi – meno di Tommy.

Leyla ascolterà il mio racconto, magari asciugherà

qualche mia lacrima perché è mia amica e sa farlo. Non credo formulerà giudizi, né che mi darà consigli. Del resto non c'è nulla da commentare, o consigliare. Solo aspettare che passi. Cara pace, carapace. Alla fine della nostra telefonata quel che stavo per chiedere a Nina è se le andrebbe di ospitarmi a Brooklyn per un po'. Partire, sola, prendere distanze. Fare spazio, silenzio, ritrovare il bandolo, il senso di un incontro imprevisto che mi ha scelta e raggiunta come un raggio di luce. Consegnare a Nina, alla sua ospitalità calda di anima disordinata e di sorella, una storia che sarebbe stato più normale fosse capitata a lei e invece è successa a me. Un avvenimento che è solo mio ma potrebbe essere di Nina, e se diventerà anche suo è per quell'intima indistinzione che ci lega, invisibile filo mai spezzato da niente.

Le chiederò se mi accoglie a New York, qualche tempo in casa loro: non oggi però. In un altro momento. Domani magari.

Ricordo e ringrazio Luigi Spagnol per l'acutezza generosa con cui ha letto questo libro.

Indice

RITANNA ARMENI

MARA

Mara è nata nel 1920 e ha 13 anni quando comincia questa storia. Vive vicino a largo di Torre Argentina. Il papà è bottegaio, la mamma casalinga. Ha un'amica del cuore, Nadia, fascista convinta, che la porta a sentire il Duce a piazza Venezia. Le piace leggere e da grande vorrebbe fare la scrittrice o la giornalista. Tanti sogni e tante speranze la attraversano: studiare letteratura latina, diventare bella e indipendente come l'elegante zia Luisa, coi suoi cappellini e il passo deciso e veloce. Il futuro le sembra a portata di mano, sicuro sotto il ritratto del Duce che campeggia nel suo salotto tra le due poltrone. Questo è quello che pensa Mara, e come lei molti altri italiani che accorrono sotto il Suo balcone in piazza Venezia. Fino a che il dubbio comincia a lavorare, a disegnare piccole crepe, ad aprire ferite. Tra il pubblico e il privato la Storia compone tragedie che riscrivono i destini individuali e collettivi, senza eccezioni. Quello che resta è obbedire ai propri desideri: nelle tempeste tengono a galla, e nei cieli azzurri sanno disegnare le strade del domani.

PONTE ALLE GRAZIE

MATTIA INSOLIA

GLI AFFAMATI

Antonio e Paolo sono fratelli, diciannove e ventidue anni. Vivono soli da quando il padre è morto e la madre è andata via di casa. Insieme hanno costruito una quotidianità che, seppur precaria, parrebbe funzionare. Vivono alla giornata, tirano avanti in un presente che non concede di elaborare progetti futuri. E abitano in un paese minuscolo, una periferia immaginaria nel centro Sud che sembra quasi un confino, degradato e gretto. È un'estate torrida. Antonio cerca un lavoro, Paolo di tenersi stretto il proprio. L'esistenza dei due procede senza grandi avvenimenti, tra notti allucinate, feste con gli amici, giornate al mare e serate di sesso, alcol e droga. Finché poi, un giorno di quiete apparente, qualcosa si spezza, e vecchi scheletri saltano fuori dall'armadio, mostri del passato seppelliti in malo modo. La madre, fuggita anni prima dal marito violento, torna da loro, un amore quasi dimenticato bussa alla porta di uno dei due fratelli e crimini di cui non è mai stata scontata la pena si affacciano all'orizzonte dell'altro. E tutto dev'essere rimesso in discussione.
Una grande, nuova narrazione contemporanea che sa illuminare la nostra rabbia e la nostra solitudine, che lo fa attraverso una lingua precisa e scarna, uno sguardo maturo e senza paura. Un desiderio autentico di denudare la realtà per comprenderla e forse, domani, trasformarla.

PONTE ALLE GRAZIE

Questo libro è stampato col sole

GRAFICA VENETA

Azienda carbon-free

Fotocomposizione: Alessio Scordamaglia

Finito di stampare
nel mese di maggio 2021
per conto della Adriano Salani Editore s.u.r.l.
da Grafica Veneta S.p.A. di Trebaseleghe (PD)
Printed in Italy